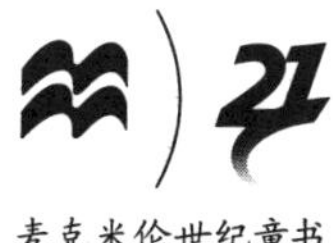
麦克米伦世纪童书

麦克米伦世纪　全称北京麦克米伦世纪咨询服务有限公司,由全球知名国际性出版机构麦克米伦出版集团和二十一世纪出版社集团共同注资成立。

北京麦克米伦世纪咨询服务有限公司
北京市朝阳区光华路 SOHO2B 座 1206
邮编：100020　　电话：17200314824
新浪官方微博：@麦克米伦世纪出版

[美]波莉·霍华斯 著

敖大山 译

献给阿尼、埃米莉和约翰，

丽贝卡、安德鲁和扎伊达

目　录

故事的开端

让我来给你们讲一个故事吧，故事的主角有维妮弗蕾德、威尔弗雷德、西比提亚、爱哭鬼爱丽丝和飞行员鲍勃，托马希娜和老汤姆也在故事中有不少戏份。虽说我在故事中不是什么重要角色，不过由我来讲这个故事却是再合适不过了。我叫弗兰妮，现在住在托马希娜和老汤姆的家里。小时候我觉得“托马希娜”太难念了，所以总是叫她“希娜”，不过老汤姆一直叫她的全名。我能和他们在一起也算是阴差阳错。在我还是个婴儿的时候，他们的邻居本来要收养我，但在我被送过去的前一晚，一场大火让邻居家化为灰烬，那家人也未能幸免于难。没有人特地把这事告诉收养机构。送我来的社工敲开了希娜和老汤姆家的大门："我本来是要把这孩子送到你们邻居家的，但现在看来你们已经没有邻居了。"

希娜探出头张望，一眼就看到了那边烟雾缭绕（邻居的房子在沿海农场旁一条偏僻公路的另一头。朝我们家东边的小海湾望去，依稀可以看见他们房子的残骸）。希娜盯着海面上空翻腾的烟雾说道："嗯，看来确实是这样。"

这时候，老汤姆走到了前厅："我说昨晚怎么那么大动静呢。"

"能帮我抱一下这个孩子吗？"社工边把我交给老汤姆边说道，"我突然有点儿不舒服。"

老汤姆转头就把我塞给了希娜。"我拿小孩子可没辙。"他说，"我倒不是讨厌小孩，就是不知道该拿他们怎么办。"

当希娜接过我，和老汤姆再向门口看去的时候，那个社工已经心脏病发作，倒在门口命赴黄泉了。

"我的天哪！"希娜吓了一跳。

"看来她只能留在我们家了。"老汤姆说。当然，他说的"她"指的不是社工，而是我。老汤姆半跪在社工面前，想看看有没有必要采取什么急救措施。虽然他觉得回天乏术，但还是为她做了心肺复苏。"就算明知道没有意义，”讲到这个故事，他总是这么说，“该做的还是得做。我是‘注定失败也要去做派’的成员，总得试试。”

当然了，根本就没有什么所谓的“注定失败也要去做派”，这只不过是老汤姆一直挂在嘴边的口头禅。或许他在脑海里构架起了一个流程完整的仪式，还设立了等级制度；也可能他只想给自己找点儿乐子，用这个词自嘲一下罢了。

“这孩子就叫弗兰妮吧。”希娜说道。

“是弗朗西丝卡的爱称吧，”老汤姆点了点头，“这名字挺贵气的。”

“不是，”希娜说，“就叫弗兰妮，不是什么别的名字的爱称。我的直觉告诉我，她会成为一个严肃且务实的人。”

老汤姆才不会傻到和希娜讨论直觉的事呢。

希娜看了看邻居家那还冒着烟的废墟，沉思了一下，说道：“想从邻居那里弄些婴儿用品怕是指望不上了。”

老汤姆先是叫来了救护车，将倒在门口的社工送走，随后他带着我和希娜出门，去邻居家的废墟旁转了一圈，确认了那里绝不可能留下任何能给婴儿用的东西。

对于把我送来的收养机构来说，他们已经把我送出来了，没什么要担心的了。对于救护车上的人来说，他们要操心的是那个社工，没时间管我。而对于希娜和老汤姆来说，他们才不会把我送回那个把我送出来就撒手不管的收养机构。既然命运把我带到他们身边，那他们就会负责到底。

"汤姆，你到维多利亚去买尿布、婴儿椅、奶瓶、奶粉，总之你能想到的婴儿用品都买一些。我带弗兰妮在家里转转。"

希娜先是带着我在一楼活动，会客厅、书房和厨房都在这一层。这层的餐厅和起居室里还有大大的壁炉。阳光房和温室紧挨着，那里是老汤姆的地盘，而整幢房子其他的地方基本上都是希娜的领地。之后我们上到二楼，这儿有四间卧室，其中两间朝南的卧室正对着大海，那分别是希娜和老汤姆的卧室。

虽然他们俩结婚了，但看起来更像是远房表亲的关系，因为他们俩大部分时间都沉浸在各自的小世界里。而且老汤姆比希娜整整矮了一个头，就夫妻而言，这种身高差显得有点儿怪异。我的意思是，虽然我们没法控制别人的身高，但人们潜意识里都会想找和自己身高差不多的另一半，这样亲吻的时候也更方便些。

再不济，男方比女方高一个头也还能接受，而反过来的这种情况还真是不常见。希娜在女性中算是比较高挑的，而老汤姆在男性中又有些矮小，不过都在正常范围之内。平时，希娜总是对雕塑很着迷，而老汤姆整天都泡在花园里。在下午茶的时间，他们有时候会不约而同地来到厨房，一同坐在那张小小的餐桌前，却好像根本没有注意到对方。我碰见过好几次：他们沉思着，吃着饼干，目光透过窗户望向大海。我要是向他们打招呼，他们就会望过来，回应道："嘿，弗兰妮。"这时候他们会因为发现对方也在这里而吓一跳。虽然我已经对此习以为常了，但他们的关系在外人看来可能会有些奇特。

话说回来，我有自己的卧室了。往窗外望去，可以看到海岸线一路蜿蜒到比奇海滩，海上的落日也一览无余。这样一来，房子里现在只有一间空的卧室了。三楼还有六个用人间（不过这里并没有用人）和一个作为储藏间的阁楼。这幢房子就像维多利亚时代的婚礼蛋糕一样，层层叠叠的。

二楼有个配备四脚浴缸的浴室，三楼的浴室装的则是普通的浴缸。整幢房子里都没有厕所，因为这房子是维多利亚时代建的，直到最近才接通自来水。希娜和老汤姆并没有在房子里加盖厕所，也没有给房子通电。老汤姆和我说过一次，他们在装自来水管的时候，已经受够了那种乱七八糟的场面——到处都是工人，嘈杂又混乱，他们可没心情再来一次了。我还挺能理解他们的。我们一直过着平静、安稳的生活，从没有什么不速之客来打扰我们。这样一想，那些工人弄出的动静自然令人无比头痛。不过这都是我来之前的事情了，也幸好我来之前他们就接通了自来水——起码对希娜来说是好事，因为自从我来到这里之后，有好长一段时间，给我洗尿布都是她的日常工作之一。

在房子的顶上有个四面通透的穹顶，以前一直荒废着，现在成了我的地盘。在房子后面，希娜建了一个雕塑工作室，她整天都在那里工作。老汤姆则是在园子和农场里干活儿。当然，日常照料动物的工作我们会一起完成。我们有二十只来航鸡、两匹耕马、五头泽西奶牛，还有一头公牛。至于我们养的那些猪，我只把它们当成生命中的过客，不对它们投入太多的感情。猪是很聪明的动物，有的人甚至觉得它们比狗还聪明。这么说吧，你肯定不想看到自己的餐盘里摆着有智慧的生命。老汤姆看起来倒是没有这种困扰，但也不好说，因为他不是那种把心思写在脸上的人。

除了那间没人住的卧室、四个用人间和会客厅，在大部分房间里，我们都能直接看到海。这幢房子坐落在不列颠哥伦比亚省温哥华岛上一个叫苏克的小镇旁，人们管我们家这儿叫东苏克农场。我们和不列颠哥伦比亚省的省会维多利亚市隔得不远，虽然我们并不经常去那儿，但在有必要去大城市的时候，维多利亚一直是我们的首选。

在我的穹顶上用望远镜向四处望去，经常能看到鲸鱼——有虎鲸和座头鲸，偶尔还能看到灰鲸，它大概是和一同沿着北美西海岸迁徙的同伴走散，不小心迷路了，只能在胡安·德富卡海峡一带不知所措地徘徊。灰鲸能潜在水下很长时间，所以大多数时候，我们都只能看到它喷出的水柱。我还时不时能看见水獭、海豹、海狮、美洲狮、熊、鹰、隼、兔子、田鼠、松鼠，以及一些我叫不出名字的动物。我以前也经常看见狼，不过最近渐渐看不到了。

老汤姆告诉我，以前家里雇过一个女孩，帮忙打理猪圈和负责挤奶，有一天她回来兴高采烈地说，她遇到了几条“好狗狗”，也不知道从哪儿来的，都与她很亲近，在去乳品厂的路上一直陪着她。当老汤姆告诉她那些“好狗狗”的真正身份是什么的时候，她吓得直接晕了过去。我觉得这其实挺好笑的:仔细一想,她度过的那段时光并不会因为老汤姆的话而有任何改变。这也证明了,我们获得的体验大多不是建立在事实之上,而是在于我们选择相信什么。那个女孩遇到的本来是很友好、亲切的动物,但她没法扭转受《小红帽》这个故事影响而形成的观念。虽然现在不怎么能见到狼了,但我们还是经常能听到它们的叫声。至少我和老汤姆觉得那是狼嚎,而希娜则坚持说那是狗吠。虽然她也会犯错,但她对自己总是坚信不疑。不过话说回来,我和老汤姆也一样。确切地说,每个人都一样,都认为自己肯定是对的。

在希娜带我参观房子的时候,老汤姆正在维多利亚给我采购婴儿用品。他其实也不知道要买什么,就把道格拉斯大街上所有看上去像母亲的女性都拦下来,挨个儿问了一遍,然后将她们的回答拼凑成了一份必需品清单。其中有个强势的女人,直接把他拉进了维多利亚唯一的百货大楼里面,把需要买的东西都指给他看。她甚至不容反驳地让老汤姆买下了一张婴儿床。老汤姆感叹,走到哪里都不缺强势的女人啊!不过他对此并不介意,他只想赶紧搞定这事,然后回去打理他的园子。

等到他满载而归，希娜就开始着手给我布置婴儿房了。老汤姆趁机带我参观了他的园子，那些园子零散地分布在干草场的四周。我那时太小了，不懂得欣赏这一切，不过老汤姆的声音却深深地吸引了我。他的声音非常低沉、沙哑，却又不可思议地能让人平静下来。这声音好像受过岁月的洗礼，就像一块旧毛毯，或者说像海堤上日夜被潮水冲刷的礁石一般，让你情不自禁地想要坐上去。他先是带我参观了英格兰花园和草药园，又行至他的意大利风格庭园和雕像园，随后来到菜园和苹果园。我们还一一看过了或是开满野花，或是开满异域鲜花，或是开遍了淡紫色香水草的花园，以及一座日式花园。但老汤姆唯独没有带我参观夜色花园，他将它锁了起来。

接下来，老汤姆带着我走上一条石头小路，来到海边，看到了很多小海湾和一片片沙滩。老汤姆有一条小船，就拴在一个风平浪静的海湾里的小码头上。在风和日丽的日子里，他会乘着小船出海钓鱼。随后，我们踏上了回家的路，海边有一段陡峭的台阶直接通到我们房前的田野边。在这段路上，据老汤姆说，他突然意识到怀里的生命将成为他生命的一部分，那种沉重的责任感让他备感压力。他回到屋里就和希娜分享了他的感受。

“我们要担起应尽的责任，不然与蠕虫何异？”希娜教训道。

希娜看问题总是这样“非黑即白”，而老汤姆看待事物则不那么绝对。他们还谈了些什么我就不知道了，但我清楚地记得，我躺在他们的怀里，映入眼帘的是一望无际的天空，一只鹰向着海面俯冲而下，旁边还有一只鹭鸟滑翔而过。我忽然感到如此幸福，就好像那天空、大海和这陆地都伸展开来，无边无际。这就是我的家，我满怀喜悦地想到，和世界上的其他人、其他生命一样，我有一个家了。希娜和老汤姆还搞不清楚，我为什么从那时开始，突然就不哭不闹了。我就像与变幻的天空中洒下的光芒，还有周围一切美好的事物化为了一体，被幸福包裹住了。

在这个家的第一晚，我坐在老汤姆刚买的婴儿椅上，在厨房的餐桌旁用餐。自那以后，每个夜晚我都酣然入睡。希娜告诉我，在刚收养我的几个月里，她时不时会对着墙壁自言自语，因为她很想与别人分享那些重要的时刻，而老汤姆又总是待在园子里。每天，吃过晚餐后，她都会抱着我坐在二楼的摇椅上，那把摇椅前面是一扇正对着大海的落地窗。她就坐在椅子上摇啊摇，眺望着海天交会处的那一条线。她告诉我，以前她也经常这样做，但自从有了我，这种感觉就不同了——这段时光仿佛变得更加舒缓、更加令人安心，就好像未来在朦胧中透出一丝光亮。

希娜抱着我坐在摇椅上的第一个晚上，老汤姆像往常一样，吃完了晚饭正准备去菜园里。希娜在窗前叫住了他。

“收养这个孩子，你真的没意见吗？”希娜问道。

“我有没有意见重要吗？”老汤姆头也不回地反问道。

“大概不是很重要。”希娜喃喃地说，也不知道是对我说还是对她自己说，“无论怎样，弗兰妮，不管是对你、对老汤姆还是对我来说，一切都改变了。但这就是生活。看那海平面上落下的夕阳，这代表一天的结束，这一天再也不会重现。每个清晨、每个夜晚，你都要牢记，所有的一切都在不停地发生着变化，这样你才能接受所有已经发生的事情，而人们的不幸往往就源于他们不愿接受现实。”

我不知道当时我有没有听到她说的话，但在之后的日子里，希娜在夕阳西下的时候又在我耳边重复了好多遍，久而久之我就记下了。

后来我慢慢地长大了。起码对我而言，长到了十二岁可算是不小的成长。也是在这年，爱哭鬼爱丽丝出现在我的生活中，而她的到来，理所当然地改变了一切。

爱哭鬼爱丽丝

这天，我正在我的小穹顶上钻研农场的历史。学校的屋顶年久失修，等我们后天放假之后，就要开始整修了。这年头要找齐一个维修队的人还挺困难的。现在是一九四五年，好像整个世界都陷入了战争的泥潭，那些能干的人都被送往国外打仗了，而装修之类的工作之前都是由他们来做的。所以，学校的屋顶得花相当于和平时期两倍的时间才能修好。“我们又多了一个讨厌纳粹的理由！”校长如是说。

在整修期间，学校没地方安置我们，于是决定让我们在春天提前过上暑假，等到夏天，学校的屋顶修好了，再让我们回来上课。他们美其名曰“特别春假”，不过这可糊弄不了我们，我们的整个夏天都要完蛋了。这对于那些需要孩子们帮忙拉干草的家庭来说尤为不易。可这也意味着我有好几周的时间可以用来钻研写作了。我以前在假期里，尤其是暑假，写了很多东西。而在上学期间，我就没法写太多，因为学校离我家的农场太远了。一大早，我就得出发，先要穿过农场的田野，走上比奇湾路，然后一直走到东苏克街才能搭上校车。在学校的时光倒是很愉快，不过等到放学，我又得重走一遍漫长的路途，这让我几乎没有精力进行创作。

当老汤姆发现我喜爱写作时，他从维多利亚的旧货店给我买来了一张很棒的拉盖书桌。他直接把书桌搬到穹顶上，给了我一个惊喜。这书桌还有好几个隐藏式的抽屉。之后，老汤姆又给我找来了一台打字机，而且总是及时给我提供纸张。我向来都是从希娜那里收到一些礼物什么的，不过我收到的最好的礼物都来自老汤姆。尽管他不会经常送我礼物，而且送的时候也不怎么说话，但不知为何，他就是特别了解我，知道我想要什么。有一次，我看到医生的办公室里挂着一张海报，上面写着“幻想之地”，我不禁为之疯狂着迷，大为赞叹。这张海报的背景是一片神秘的漆黑，上面布满了童话中的角色，海报的每一个角落都充满了魔幻的魅力。就在两周后，老汤姆将同样一张海报装入画框，挂在了我的房间里，神色中透露出抑制不住的骄傲。

有时我会盯着这张海报，以此来激发自己的灵感。不过当我放学回家，吃过晚饭，感到疲倦的时候，我只会坐在桌前，静静地凝望窗外黑暗的天空。在这个穹顶上，有时能看到流星从天际划过，那景象真是令人惊叹。

我有时会想把我正在写的那个美人鱼的故事写完，但我有些写不下去了。那个故事和其他的故事一样，都被我丢进了书桌最下层的抽屉里。每到这时候，我就会研究一阵农场的历史。纪实文学可比幻想文学简单多了，我们总能找到一些看得见摸得着的素材来动笔，而幻想文学却要我们无中生有，把那种冥冥中的感觉写成读得懂的文字。

这农场就像老汤姆送给我的海报一样，有着某种神秘的元素。很难说清楚究竟是为什么——为什么这座农场就像有自己的生命，呼吸着，压抑着某种潜藏的、恰到好处的智能。岩石嶙峋的海岸上的岩画，向我们揭示了数千年前这里曾有人居住。这块土地经历了数个世代的传承。像是有五个孩子的布朗太太，为了交税，不得不将自己的大片土地一点点儿地卖给众多买家，最后自己只剩下一小块土地和一座房子。这座房子就是现在老汤姆、希娜和我的家。有一个买家买下了布朗太太的大多数土地，他最终还说服了布朗太太把仅剩的这座农场也卖给他。可惜的是，他买到农场后，将它改造成了一个避暑胜地。他修建了一些网球场，现在早已了无痕迹。那片土地被我的姑奶奶伯莎犁开，种上了土豆。伯莎姑奶奶不仅买下了那个大买家的土地，还将之前布朗太太卖给其他人的土地都买了下来，于是这一平方公里的土地得以再次归一家所有。在伯莎姑奶奶过世的时候，她将这整片土地都留给了老汤姆。她曾向老汤姆讲述，网球场还在的时候，人们在这里举行盛大的派对，到处都是装饰用的灯笼，女士们穿着纯白的礼服，贵宾云集——这一切都已经烟消云散，却仍和千年前在这里生活的人们、布朗太太的忧愁，以及伯莎姑奶奶的滑稽可爱一起在这片空间里流连徘徊。据老汤姆说，伯莎姑奶奶长得圆滚滚的，身高和体宽差不多，而且动不动就发怒。他说伯莎姑奶奶就像一节矮胖的车厢，在农场里呜呜作响地驶来驶去，不时还有蒸汽从她的耳朵里冒出来。我不知道究竟是生长在这片土地上的人造就了这片土地现在的模样，还是人们从这片土地中汲取了一些特别的养分，才变成了这样的人。我对这些历史的点点滴滴非常感兴趣，一有机会就会向苏克的老一辈们打听，每一个我认识的人都不放过。只不过他们都不太记得过去的事了。我打听来的那些只言片语已经非常有趣，但是那些都和我对这片土地的感觉——仿佛这片土地在与我交流——不甚相关。

所以说，我并不介意在没有创作灵感的时候来研究一下历史。在我看来，保持写点儿什么东西的习惯是很重要的。这会让我的心情更加愉快。就像是我身边萦绕着一股神秘的能量，我将这股能量拉进我的身体，让它流过全身，然后从指尖送出，跃然纸上。纸上的既不是这股能量本身，也不是我，而是某种新事物。我写过的东西还没能呈现出这种魔法般的体验，但正是因为相信总有一天会写出那样的作品，我才会不断写作。

这天晚上，我的手指在打字机上漫无目的地敲着，想着要是我知道更多关于布朗太太和她的孩子们的逸事就好了，还动了点儿自己编造的念头。就在这时，我听到楼下传来一阵哭喊声，不过穹顶离一楼太远，我一个字也听不清。我想看看车道上停着谁家的车，但天太黑了，没能看清。

在听到我们家后门砰的一声关上后，我意识到访客肯定走了，于是又向窗外看去。我没听到汽车发动的声音，只看到一束亮光正穿过田野，朝着远离农场的方向而去，看来访客是步行过来的。肯定是住得远的邻居来拜访了。当那束光到达比奇湾路的时候，我知道今晚他们肯定不会再来，这样我就不用和他们打招呼了。我走下楼去，然后希娜把事情的前因后果讲给我听。

刚刚一路冲到我们家里的人原来是马登太太，绰号“爱哭鬼爱丽丝”。

“哟吼，怀特克拉夫特太太！”希娜一开门，就听到这位不速之客这样叫她，“怀特克拉夫特太太！我知道我们不是特别熟，说实话真不熟，但是我现在需要你帮忙。我非常需要你，怀特克拉夫特太太！托马希娜！”接着爱丽丝就开始号啕起来。哭泣可以算是爱丽丝的拿手好戏了。

我和希娜聊起我们看见爱丽丝大哭的场景以后，就给她起了“爱哭鬼”这个绰号。

我们见过她在家长会的时候无缘无故地哭起来。我不太了解她的孩子们的情况，他们和我都不在一个年级，但是他们看上去都是好市民、好学生，都是正派的人——照老汤姆的话来讲，根本没什么好哭的。

我们还在布鲁克曼商店见过她因为鸡蛋卖光了而哭泣。布鲁克曼商店在苏克镇的边缘，对我们这些远郊住民来说是最近的商店了，因此也成了我们的重要社交场所。到了周六，我们会带上鸡蛋和牛奶去那里卖，那天早晨女士们就有碰面和聊天的机会了。

我们还见过爱丽丝在学校的新年音乐会上哭泣。

“好吧，说真的，”在讲到这件事的时候，希娜清了清嗓子以掩饰尴尬，“那个时候谁都有可能哭出来。”

希娜对那种温和的哼唱没有什么抵抗力。

爱丽丝不仅哭得很频繁，还总是在正常人一般不会哭的场合哭出来。裙子上沾了泥巴，她哭。车子爆胎了，她哭。在布鲁克曼商店看到了新生的小猫，她也哭。在秋季开学的第一天把孩子们送到校门口，她还哭。我和老汤姆甚至看到过她在给汽车加油的时候哭出来。一直到她把车开走，我们在自己的卡车里看得都入神了。

“真是位忧伤的女士啊！”老汤姆感叹道。

当希娜把我们给爱丽丝·马登太太起的绰号“爱哭鬼爱丽丝”讲给布鲁克曼商店里的女士们听的时候，她们纷纷表示赞同。她们还告诉我们，爱丽丝的丈夫在科莫克斯的加拿大空军服役，负责侦察机“阿格特”

号的维修工作。他给自己起了个外号，叫作“维修工鲍勃”（Fixing Bob），刚巧与“爱哭鬼爱丽丝”（Crying Alice）很般配。我曾经觉得，也许夫妇们都应该有一对相似的绰号才对，比如我想出了“老汤姆”和“高希娜”，都用一个字来做形容词，但没有派上用场。

话说回来，当爱哭鬼爱丽丝跑到我们家来哭的时候，希娜正在写着她给加拿大总理威廉·莱昂·麦肯齐·金的第三十七封信，恳求他为了国家，像前任总理罗伯特·博登一样蓄上小胡子。“他真是个硬汉，”她写道，“而你长着张娃娃脸。我觉得我们应该在国际政治圈内得到更多重视……”这就是她想表达的？“国际政治圈”又是个什么东西？算了，让他自己去搞明白这些事情吧，毕竟，他才是这个国家的总理。

在我看来，蓄小胡子是公众人物吸引人们注意力的最好方法。看看希特勒，看看墨索里尼，再看看佛朗哥，哪个没有小胡子？我倒不是说你要变得和他们一样，我只是觉得到了加拿大人民团结一致，在世界舞台上挺身而出的时候了。但我害怕这一切全都因为一个长着娃娃脸的总理而无法实现。你参选总理时，我没给你投票。你的政党（我斗胆说一句）整天在胡说八道。不过，既然你已经当上了总理，我们只能将就一下了。你显然觉得外表无关紧要，但是我现在要告诉你，这非常重要，而且我已经给你提出了一个非常具体的建议。希望你能虚心接受。

你诚挚的托马希娜·怀特克拉夫特

又及

我敢肯定，即使是给你投票的投票者（之前我说过了，不包括我），大概也不想看到你那么"软蛋"的样子。

希娜去楼下前厅开门时，嘴上还念叨着信里的最后一句话。这句话听上去有点儿不对劲，所以她边大声念出来边修改。"即使是给你投票的投票者"？不不不，语义重复了。"即使是给你投票的公民"？为什么要特意强调"公民"呢？"我没给你投票，但假如我投了的话……"不对，全乱套了。我们也不是直接投票选举总理的。还有，"软蛋"这个词是不是有点儿太严厉了？虽然准确，但是严厉。

她满脑子装的都是写信的事，以至于她根本忘记了自己来大门前的目的，也没注意到爱哭鬼爱丽丝已经把泪水洒满了整个前厅。希娜径直绕过了她，把门关上了。

“老天啊，现在还有人会打草稿吗？”希娜自言自语着走向厨房，她的打字机就放在那儿。

“怀特克拉夫特太太！”爱哭鬼爱丽丝喊道。

希娜突然听到这么一声，猛地回头一望，吓得一蹦三尺高。这时爱丽丝哭得正凶，整个人都趴在墙上，眼泪鼻涕都抹在了墙上，看上去就不好弄干净。希娜回头只能看到一堆乱糟糟的毛发，而且她心不在焉的，第一眼看过去还以为是一条落水狗不知怎的跑进家里来了，正趴在墙上抖水呢。当然了，她马上反应过来这应该是个人。她之后对我解释说，因为那东西穿了衣服。

“我的天，你该不会是个小偷吧？”她问道。随后，她意识到这个小偷已经泣不成声，身体一起一伏，墙上的水渍都是她的眼泪。“你已经开始忏悔了吗？出去！你现在出去我就不报警！”希娜说。

“怀特克拉夫特太太，我可不是什么小偷，”爱哭鬼爱丽丝说道，“你以前没听说过我吗？你不认识我吗？我是你的邻居啊。”

这时，希娜才回过神来，大致搞清楚了状况，于是她变得非常不开心。

“你闯进我家里来想干什么？你就是这样当邻居的？出去！”希娜现在只想回去写信，她的整个思路都被打断了。爱丽丝的哭泣并没有让她感到有什么不对劲的，因为爱丽丝总是在哭。

“我想要你帮我个很大的忙。”爱丽丝抽泣着说道。

“不帮！”希娜一口回绝，“我不能接受有人突然就冲进我家里来，把事情弄得一团糟。我刚才正在写信，你搞得我思路都没了。”

“你一定要帮帮我，一定要！”爱丽丝喊道。

“我为什么一定要帮你？”希娜问。

“我的丈夫恐怕要去做一些蠢事了。”

“什么样的蠢事？”

“很危险的蠢事，我从骨子里能感觉到。”爱丽丝边擤了下鼻子边说。

“啊，好吧，”希娜不耐烦地说，她一直都很在意那种“从骨子里感觉到的事情”，“看来今晚我是没法好好过了。来厨房吧，姑且听听你怎么说。”

希娜告诉我的事

等希娜讲完这些，我回应道：“天哪，她究竟想让你帮什么忙？”

“我已经答应下来了，要照看她的孩子们一段时间。”希娜答道。

“不会吧。”我边说着边从罐子里拿出两块女童子军义卖的饼干来。这个消息让我陷入了困境之中，就好像被两块饼干夹在中间一样。

“会的。”希娜说道，“不过我也不知道是怎么回事。换谁来照看他们不都行吗，我为什么要答应？”

“也许在你的内心深处，你就是喜欢小孩。”我说着坐在了她对面，开始吃第一块饼干。

“那这肯定是我内心最深处的想法。”希娜说。

“之后，这样的事就会拨动你的心弦。”我边说边小口地嚼起饼干来激发自己的灵感，一边品尝饼干的味道，一边出出主意，其实吃饼干才是重点，“不管怎么说，当时你不是收养了我吗？”

“那都是十二年前的旧事了。再说了，你不一样。”希娜说道，“我当时一眼就看出来了，你是那么与众不同，永远不可能有和你一样的孩子。再说下去我就要唱起来了，你别逼我。”

“谢谢。”我回应道，“不是谢谢你没有唱起来。是谢谢你说我与众不同。当然，也谢谢你没有唱起来。”

“不用谢。”希娜说道，“总之，木已成舟。我已经答应爱丽丝，明天放学后，她可以把维妮弗蕾德、威尔弗雷德和西比提亚都带到这儿来。在爱丽丝从科莫克斯回来之前，他们都要和我们住在一起了。”

“噢。”我长叹一声，不过马上意识到我需要坚强一些，“我明白了。幸好我们家三楼有那么多用人房是空着的，他们住在那里的话，我们甚至注意不到他们在这儿。”

“对，好主意！”希娜说道，她马上领会了我的意思，“但是那里离室外卫生间有点儿远，要下两段长长的楼梯呢。”

“后楼梯倒也不是不能用，”我提议道，“虽然陡了点儿，但人有三急的时候哪里管得了那么多！我们可以在适当的位置放几盏煤油灯照明。”

“他们要是不小心打翻了灯，那房子可就付之一炬了。我们还得把二楼阳台上的摇椅撤走一把。那些男孩在一把摇椅旁边打打闹闹可能还没什么事，但两把就有点儿危险了，男孩子总少不了磕磕碰碰的。还有，我们应该给他们发几个手电筒。”

“没错，这样就完美了。你看，什么问题都解决了。”我开心地说道。这些马登家的孩子要和我隔着一层住了，我暗暗决定，无论发生什么情况，都不会让他们到我的穹顶里面去，“那么，好了，他们要住多久？”

“问题就在于，我也不知道要多久。那可是爱丽丝啊，你懂得。”

“啊，莫非她一直在哭，根本没说几句话？”

“完全正确，”希娜说道，“除了哭还是哭。她好像觉得，如果她不马上去科莫克斯的空军基地找她的丈夫，她丈夫就会做些蠢事。”

“什么样的蠢事？”我问道。

“谁知道呢！一个飞机维修工能做什么蠢事？”

“喝点儿航空清洗剂？”我设想了一下。希娜和我总喜欢在这种事上畅想一番。

“给拖把编小辫子？”希娜也开始想象。

“也许和他的工作没什么关系。”我说道，“或许爱丽丝害怕他学了塔兰台拉舞，如果放任不管，就要把全家都迁到意大利去了。”

“意大利？”

“那是塔兰台拉舞的发源地。那种舞蹈好像是模仿被塔兰图拉蜘蛛咬伤的人的动作。”

“真的吗，弗兰妮？我都不知道你是怎么知道这些事情的。”希娜说道。

“书上看的。”

“无论如何，我怀疑爱丽丝知道的事情远不止她告诉我们的这些。她好像认为情况非常紧急，她需要马上去一趟科莫克斯。”

“那听起来挺糟糕的。”我说，“要么确实糟糕，要么就是夸大其词。我们没那么了解她，也不好随意下结论，对吗？”

“没错，我也是这么想的。我问了她，是不是觉得她丈夫要去海外和邪恶的希特勒打仗，但她说不是。”

“她难道没有给你透露一点儿关于她丈夫到底要做什么的信息吗？”

“没有，她一点儿都不肯说。”

“不可理喻！”我说道。

“一点儿没错，”希娜附和道，“你说到点子上了：跑到我家里来，要我帮这么大一个忙，把我家干净的墙壁弄得全是水渍，到头来竟然一点儿细节都不告诉我。简直是无理取闹！”

我们不约而同地往窗外望去。我觉得我这会儿也没什么主意了，于是迅速地把饼干吞下肚。

“事已至此，我们还是得照看那些孩子一阵。我要去睡了。”希娜说。

“好的。”我回应道，然后我突然想到一件事，“明天是春假前最后一天上学了，爱丽丝该不会把孩子们留在这里过一整个春假吧？”

“我也不知道，谁也没告诉我啊。”希娜绝望地回答道。接着，她边上楼边喃喃自语：“‘软蛋’还是‘脸色苍白’？哪种说法更委婉一些呢？”

在上床睡觉前，我去了一趟室外卫生间。在蝙蝠和虫子的包围中，我不禁想到，这一平方公里的土地将会迎来几个陌生的孩子，这个春天恐怕和我们料想的大相径庭。世事无常啊。

然后我向房子走去，头顶传来了猫头鹰的叫声。

它们的身影一如既往地隐藏在树中不让我看见，就像隐居在树上的僧人，用平稳的声音念诵着经文。“呜呜……”声音扩散出去，飞入夜空中，进入了那漆黑的未知深处，向世界寻求着某种人类共同渴求的答案。“呜呜呜[1]……”仿佛就是这声音让宇宙中的一切井然有序。这声音拂去了我多余的思绪，带我安然入梦。

① 本段中两处对猫头鹰叫声的描写，原文分别为“who who who”（谁谁谁）和“who who who, where where where”（谁谁谁，哪儿哪儿哪儿）。作者用一语双关的手法，既描述了猫头鹰的叫声，又指向了人类哲学史上最著名的三个问题：“我是谁？我从哪里来？要到哪里去？”

他们来了

好吧，人生下来就是要受苦的。第二天我放学回到家中后，爱哭鬼爱丽丝就开车送来了她的孩子们：十一岁的维妮弗蕾德、九岁的威尔弗雷德，还有六岁的西比提亚。维妮弗蕾德和威尔弗雷德长得很像，他们都四肢修长，有着浅褐色的头发，脸上还有一些雀斑。威尔弗雷德虽然年纪比维妮弗蕾德小，个头儿却更高。他戴着牛角框眼镜，这眼镜让他的眼睛看起来和猫头鹰的一样，又大又圆。他的刘海耷拉着，他得经常把它们拨开。维妮弗蕾德的长发倒是很整齐。相比之下，西比提亚个头儿比较矮。他有一头卷卷的黑发，肤色比他的哥哥和姐姐暗一些，是褐色的，看起来完全不像是一家人。他们每人都带了一个帆布包。我仔细打量了一下这些包裹，想从他们带了多少东西来判断他们要在这里待的时间，不过这太难了——他们带的包不大不小。可能爱哭鬼爱丽丝喜欢给孩子们拣一堆没用的东西放进去，他们只会待一个周末也说不定（一定是这样，拜托了，老天啊）。或者是她根本就没给他们准备什么东西，就想让他们在这儿住上几个月，到时候还得让希娜带他们去买东西。或许这些孩子过得非常艰苦朴素，除了必需品，其他的都不需要。这样的话，他们应该不会为那个室外卫生间感到震惊。我邀请过几个女孩来家里玩，她们都觉得，现在都一九四五年了，大家难道不应该都用室内卫生间和抽水马桶吗？有一个潜在的朋友认为，因为我在成长的过程中一直用的就是室外卫生间，才不会觉得这透着一种“中世纪式的诡异”。

我们现在正站在前厅，大眼瞪小眼。

我注意到，希娜脸上挂着夸张的假笑，和我一模一样。

“好了，”爱哭鬼爱丽丝说，“维妮弗蕾德，站直了。威尔弗雷德，精神点儿。西比提亚，别死气沉沉的。好了，孩子们，我要去教训你们的父亲了。不管他想干什么，我都得阻止他。你们好好待着别乱来，拜托吃得健康点儿。我会尽快回来的。怀特克拉夫特太太，我想说，刚才这句话也是我紧接着想对你说的。”

“紧接着？”希娜说，“好吧，你当然可以这么说……”

“那么，孩子们，我们试着让离别变得欢乐一些吧。”这样说着，爱哭鬼爱丽丝已经控制不住地开始抽泣。她艰难地转过身，勉强在眼泪把我家前院淹没之前上了车。我们看见她弓着身子伏在方向盘上，肩头因满溢的悲伤而不停地耸动，但她的手却伸出窗外，好像很开心似的与我们道别。我们看着她，直到车子驶出了我们的视线。

我不得不对这些孩子刮目相看，因为他们看上去还算正常，没有对这出戏码表现出太多的窘迫。考虑到爱丽丝给他们树立的“榜样”，我们没有料到他们会这么正常。

“好了，”希娜说话了，“告别就到这里吧。晚餐时间是六点半。”她说完就转身去了厨房，把孩子们留给了我。按照约定，我要带他们四处参观一下。

孩子们对于他们在三楼的小房间非常满意。我们一起走进了维妮弗蕾德的房间。

“这些房间看起来就像是小小的玩具屋。”维妮弗蕾德说道，“从科莫克斯的空军基地搬到这里之后，我第一次有了自己的房间。在空军把‘阿格特’号移到科莫克斯基地之前，我们都住在爱德华王子岛的基地。‘阿格特’号是爸爸负责维修的很重要的飞机。”

“嗯，我知道。”我说，懒得告诉她在我们这种小地方，消息传得有多快，“‘维修工鲍勃’就是由此得名嘛。”

“没错，那就是‘维修工鲍勃’的由来。不过妈妈说她已经厌倦了住在基地里。我们一共住过三个基地了。那里的房子小得可怜，房间也不够，院子很小，还有一些人对妈妈总是哭表示不满。”

“我想可能有人会把她喊作‘爱哭鬼爱丽丝’，”我试探着说道，“和‘维修工鲍勃’成对。”

“噢，你可真是聪明，”维妮弗蕾德惊叹道，“猜得分毫不差。”

“嗯。”我支吾了一声，把目光谨慎地转向地板，没再多说什么，想着我一上来就把这个说出来也许是件好事。

“是‘飞行员鲍勃’。”西比提亚冷不丁插了一句。他之前打开了梳妆台的所有抽屉，又在壁橱和床底下爬来爬去，到现在基本上已经把整个房间的角角落落都摸了个遍。他现在一身灰扑扑的——毕竟希娜是个雕塑家，没那么多工夫打扫。

“不管怎么说，我们就那样住进了已经去世的克莱尔姑姑的房子里。”维妮弗蕾德说道，“我没说错吧，威尔弗雷德？”

“没错。”威尔弗雷德简明扼要地答道。这让我觉得他和老汤姆有些相似，他们都是那种平易近人但惜字如金的人。

“那房子里有四间卧室！”维妮弗蕾德开心地继续讲述道，“妈妈说就是这儿了！这是能让我们开始一段真正的家庭生活的机会。就算爸爸坚持要负责‘阿格特’号的维修工作，不肯辞职并在苏克找个工作来维持我们在那个城堡一样的家里的生活，我们也要先住进去再说，然后慢慢等他醒悟过来。结果爸爸说他不介意我们先住进去，他要留在基地，有机会就回来看我们。爸爸真的很喜欢‘阿格特’号，是吧，威尔弗雷德？”

“是的。”威尔弗雷德答道。

“那是一架秘密间谍侦察机，可以飞好几天都不用加油的。”维妮弗蕾德说道。

“它也能用来投弹。”威尔弗雷德淡淡地补充道，把一缕头发从眼镜上拨弄开。他的语气就像在说他家的狗能听懂“坐下”和“打滚儿”的指令一样平淡。

“正因为‘阿格特’号非常重要，爸爸也就成了一个特殊的维修工。他要确保飞机的各部分状态良好，一有紧急情况就可以在几秒钟内起飞。”维妮弗蕾德继续说个不停。

“什么样的紧急情况？”我好奇地问。

“当然是战情了。”威尔弗雷德答道。

“啊，战情。”我嘴上应和着，心里在想哪里有什么战情。

在温哥华岛上，现在到处都能看到军队，我们这边海岸线上的各个战略据点也架起了机枪。自从战争打响，我家就把一块地借给了军队，作为他们的临时驻地。这一开始还挺令人激动的，想想看，军队就是在这座农场保卫我们的海岸线的。虽然大家谨慎地做好了准备，却没有任何战事的前兆。看起来战火根本不会波及温哥华岛，我觉得这样挺好的。我们的一个邻居梅茜小姐无家无业，总喜欢在我们的地盘上散步，主要是在海岸线那边。她会带着女童子军饼干去看望那里的驻军。她之前告诉我们，那些士兵大多数都坐在一起玩扑克。

“爸爸每天工作十二个小时来确保飞机时刻就绪，”维妮弗蕾德说，“妈妈说他根本没时间理会我们。

比起我们来，他更爱他的飞机。”

“那真是胡说八道，”威尔弗雷德反驳道，“妈妈一贯喜欢夸大其词。”

在这个过程中，西比提亚一直一声不吭。他一开始往床底下钻，爬进去又爬出来，把床垫给翻起来，看看折叠床里的弹簧，又试着踩着椅子爬上旁边的高脚柜。现在他又站到了窗户旁，向外望去。

“那是个什么园子？”他问道。

我走到他身边，问：“那儿有好几个园子呢，你说的是哪一个？”

“那个被栅栏围着，还挂了把大锁的。”

“哦，”我说，“那是夜色花园。”

“它为什么叫夜色花园？”

“等一个月色皎洁的夜晚，你自己从窗户往外看，就知道了。”我回答道。

“你们把它锁起来是为了防止鹿进去吗？”西比提亚问。

“不是。”我答。

“那就是防熊？”威尔弗雷德接着问。

现在我们所有人都看着那座花园。

“不是。”

“那么究竟是防什么呢？”西比提亚问道。

“我不知道，”我说，“把它锁起来的是老汤姆。”

我其实知道，老汤姆告诉过我。不过我不打算说，因为那个理由听起来太天方夜谭了。

✷

马登家的孩子们入住了

马登家的孩子们来的第一个晚上还算开了个好头。我领着他们简单绕了一圈，带他们参观了鸡舍和牛棚。我们去看耕马时，我让西比提亚牢牢记住，绝对不能跑进牛棚或者去招惹那些马。那两匹马，泰格和茉莉，都性格温驯，但是它们块头太大了，很容易出意外。而那头公牛则性情暴躁。但是当我转过头去的时候，我发现西比提亚不见了。我们四处寻找，才发现他正在爬夜色花园的栅栏，探着头往里面看。

“我说不要进牛棚，也不要去招惹那些马，你都听到了吗？”我问他。

“你们为什么要用栅栏把这座花园围起来？这里

面也没有动物啊。”西比提亚说。

“我都说了我不知道。看在老天的分上，别管它了好不好？这儿有一平方公里的土地等着你去探索，为什么非要执着于一个锁起来的花园呢？”当然了，我其实很清楚，正因为它是锁着的，它才会如此吸引人。

“你会照料那些动物吗？”维妮弗蕾德问道。

“会的。准确地说，我会帮点儿忙。照料它们的主要是老汤姆，希娜则负责挤奶。我会帮忙把鸡蛋收集起来，检查它们是否新鲜，然后我会和希娜一起把牛奶和鸡蛋带到布鲁克曼商店去卖。”

“那里的人是谁？”威尔弗雷德指着远处一个身影问，那个人正走过一片田野，横穿军队修的路。那条路从森林之间穿过，一直延伸到海岸线的战略据点那里。军队在战略据点架起了很大的机枪。我觉得他们把机枪架设在那里的战略意图，是为了阻止潜艇或者别的什么东西经过。当然了，我们没见过潜艇。不过，大家都知道温哥华岛周围的水域中有一大堆潜艇——大概不是希特勒派来的，那也太远了，不过也说不定。我不知道它们是来干什么的，它们好像把整个岛都包围了，但关于战争的事情，大人们也没告诉我们太多。

“那是隐士。”我答道，“希娜和老汤姆允许他在森林里造了座小木屋，就在我们那块靠近海岸的土地上。他应该是去乳品厂那里，拿老汤姆每周给他准备的杂货去了。”

“你们这块土地上还真是有挺多不相关的人啊，不是吗？”维妮弗蕾德问我。

“大概是吧。”我谨慎地说道。这时候要是指出他们三个也是不相关人士，就有点儿太不通人情世故了。

“我想去看看那些士兵。”西比提亚说完就开始往那条军用道路跑去。

“嘿，你给我回来！”我大喊。

我们在他身后紧追不舍。最后威尔弗雷德伸出手去，一把抓住了西比提亚的衬衫后领，就像遛狗时用皮绳拽狗一样把他拽了回来。

“给我停下，你这个傻瓜！你这样会迷路的。”威尔弗雷德说道。

“他从来没迷过路。”维妮弗蕾德接了一句，“不过没有受到主人邀请就跑到别人的地盘上，是很不礼貌的。”

西比提亚看上去完全不在乎。我猜他肯定没少被这样拽住后领，邀请什么的对他来说更是无所谓。

之后，我带他们去几处海滩和海湾参观了一番，不知不觉就到了晚饭时间，我们听到希娜摇响了晚餐铃。这晚餐铃是她去年置办的，因为我和老汤姆经常不知道跑到哪里去了，她可不喜欢为了叫我们吃晚饭而喊破喉咙。

我们围坐在餐桌前，吃起了希娜做的金枪鱼砂锅，这是她会做的六道菜之一。虽然她会做的菜不多，但口味都有保证。希娜的目光不停地在那些孩子的身上转来转去。之后在我们一起洗碗，马登家的孩子们都去洗澡或取包里的东西时，她告诉我，她原以为那些孩子中的一个或者几个会吃着吃着就毫无征兆地号啕大哭呢。

“你懂得，”她说，“不管是先天的还是后天的，他们都能沾上边。他们中起码有一个染上了那种症状——那种不可理喻的忧郁。”

“不会的，他们看起来都是比较正常的人。”我说道，“就是西比提亚有点儿过于好动。”

“哪有不好动的小男孩！”希娜说道，“只要吃饱了，正常的男孩都一样。我觉得，在战火纷飞的欧洲，那里的可怜孩子吃不饱饭，他们可能就不好动了。那可太悲哀了。只要有充足的食物，男孩就是这样的，他们就是会上蹿下跳。喂饱他们，他们就上蹿下跳。

你觉得他们吃得饱吗？我从来没做过六人份的饭菜。你觉得他们会想要一日吃三餐吗？每餐都是新鲜出炉的那种？我是不是应该雇个厨师？你知道吗，布鲁克曼太太好像说过她的侄女和她住在一起，而且正在找工作。我们明天去她们那儿的时候问问看。又搞艺术又做家务实在是太难了。”

我对这个提案感到非常兴奋。希娜是个好厨师，但一直吃几样相同的东西总会腻的。我读过很多维多利亚时代的英文小说，还在炎热的夏日里看了古老的杂志《女性的家庭伴侣》，那些杂志是我从地窖里的一个盒子中找到的。通过这些读物，我对厨师的印象就是，他们都在大家族里工作，每餐做十八个菜，包括烤鸡、布丁这样的菜，还有些听上去就很吸引人的菜，比如卷心菜煎土豆。每一餐都像是一场探险。我非常赞成雇一个厨师的提案，而且我希望布鲁克曼太太的侄女起码是个胖姑娘。作为布鲁克曼太太的侄女，她年纪肯定大不到哪儿去。不过，在我读的书里面，厨师们都是又老又胖，把精力全部投入厨房里的人。我仿佛看到天鹅泡芙、火焰冰激凌以及其他珍馐像魔法一样出现在我面前。然后我突然想到一件糟糕的事情。

“她该不会要住在这儿吧？”

“问得好。我都不敢想象每天从布鲁克曼商店开车到这儿再返回的油费。她肯定要和那些孩子一起住在楼上，但那样就太挤了。她可能会更想住到外面去。我们有个给工人住的小棚屋，她可以住在那儿。”

“你得先问问她到底会不会做饭吧？”

“我尽力而为。”希娜回答道。

洗完餐具后，大家聚在了会客厅里，希娜开始弹钢琴，我们其他人都开始唱歌，从音乐剧、民歌一直唱到流行歌曲。希娜有一柜子的乐谱。维妮弗蕾德参加过合唱队，所以她会的歌很多。西比提亚在长桌的一头用他找来的两根铅笔敲着鼓点，说实话挺烦人的。不过老汤姆在厨房里找来了两对勺子，他演示了一下如何用勺子演奏，随后他们一起演奏了一会儿，直到西比提亚对勺子也感到厌倦了。

“我想出去，看看晚上的夜色花园。”西比提亚说，“我想爬过栅栏去看看里面到底是什么样子的。”

老汤姆停下演奏，握住了西比提亚的勺子让他安静下来。“夜色花园禁止入内。”他直截了当地说道，“你们谁也不许进去，想都别想。”

“为什么？”西比提亚问。

“不关你事。”老汤姆说完就放下勺子，坐到沙发上去看他的报纸了。

随后便是一段尴尬的沉默。希娜企图用一段激昂的进行曲来挽救，不过已经太迟了，欢乐的气氛荡然无存。最后，每个人都去楼上待着了。希娜点燃了煤油灯安放在各处。通常情况下，老汤姆、希娜和我都有睡前看很久的书的习惯。我不知道那三个孩子平时睡前都做什么，不过他们都回房间了。我决定在睡前再试着写一写那个美人鱼的故事，于是我去了穹顶上。随着马登一家的到来，我可以预见到白天没有多少写作的时间了，因此只能在晚上找补回来。

虽然发生了不少事，房子里多了不少人，这也还算得上是一个普通的夜晚。

然后我就听到了一声尖叫。

幽浮、厨子和最初的神秘信件

我正坐在桌前写作，老汤姆去楼下打水了，不知道马登家的孩子们在三楼干什么，听起来好像是西比提亚正在床上蹦跶。我正想着可能是把他喂得太饱了，突然听见希娜冲出自己的房间大声尖叫道："幽浮[①]！幽浮！幽浮！"

我们追着她跑下楼去，一直追到大门口，她正站在门廊上望着天空。突然，她回过头来，疯狂地朝我们尖叫道："幽浮！"我们随着她的视线向天上望去，但除了一轮皎月和点点繁星，夜空中什么也没有。

"就在我卧室的窗外！"希娜喘着粗气，"就在窗外！

① 幽浮，即不明飞行物，也称飞碟。

我正坐在床上看书，听到了一点儿动静，抬头一看，窗外有个发着五颜六色的光的东西——大部分时候是蓝色的光！它就停在我的窗户外边，就在那三棵松树的另一边，悬停着一动不动。我一开始还以为那是军队的载具，军用直升机什么的。除了直升机，还有什么能像那样悬停的？我坐在那儿，透过树之间的缝隙仔细观察，心想它为什么非要停在我家窗前。然后我才发现，它体形巨大，却完全静止在空中。我当时还一直在想，它的身上为什么挂满了圣诞彩灯。然后，本来完全静止的它，一下子以光速起飞了。我从没看见过飞得那么快的东西，一眨眼就不见了。地球上可没什么东西能这样移动，从完全静止到一瞬千里。”

“幽浮是什么？”西比提亚问。

“不明飞行物。”维妮弗蕾德答道。

“胡说八道。”老汤姆说，“压根儿就没有这种东西。”

“好吧，我之前也是这么想的！”希娜恼火地说道，“但是眼见为实！你是觉得我没有看见吗？”

“我想你肯定看见了一些东西。”老汤姆摸了摸下巴，说道，“可能是一架军用直升机，在光线的误导下看起来像那样。你也说了它在松树后面，你只能通过树间的缝隙看到它。你可能搞错了。”

“别傻了，直升机可飞不了那么快。”希娜说。

“那玩意儿发出的声音像直升机吗？”老汤姆问。

“它确实发出了一些声响，我就是因为那种声音才停止看书的。但那听起来一点儿都不像是直升机的声音。”

“那听起来到底像什么？”我问道。

“我也不知道，”希娜说，“它的声音也没有直升机的那么大。”

“快进门来，别吓着孩子们了。”老汤姆说。

“我没被吓着。”西比提亚说。

“我也没有。”威尔弗雷德附和道。

“也许是飞行员鲍勃来看我们了。”西比提亚说。

“不对，西比提亚。爸爸不是开飞机的，他是做维修工作的。”维妮弗蕾德否定了这个说法。

“他要是想飞的话就能飞，”西比提亚说，“他和我说过的。”

“好，好，我们先进门再说。”老汤姆说道。

我们一起回到了屋里，虽然我看得出希娜一点儿都不情愿。她看到幽浮的时候，我应该正沉浸在我的美人鱼故事中，忙着打字呢。我什么也没听见，什么都没看见。

“我觉得我们都应该回去睡觉。要是你又发现有火星人来偷窥你了，你再告诉我们。”老汤姆嗤笑着说。

“够了！”希娜怒气冲冲地回应道，“我很清楚自己看到了什么。”不过她马上又露出了有点儿不确定的表情。“我不是有意要发火的。”她稍稍冷静下来，补充了一句，“我知道你们都没看见，但这并不会改变事实。我看到了。”

“夜晚的光线总是会误导人。”老汤姆说，“我不是说你什么都没看见，但问题是你看见的究竟是什么。什么都有可能。”

“那可能是飞行员鲍勃。”西比提亚坚持他的观点。

“噢，别逗了，西比提亚。”维妮弗蕾德说道，“那既不是飞行员鲍勃，也不是圣诞老人。”

“那么，那究竟是什么呢？”西比提亚问道。

“我们可能永远也不会知道答案。”老汤姆回答说，“可能是希娜神游天外的时候梦见的。梦境都是稀奇古怪的。希娜以前还会梦游。”

“我没睡着，也没做梦。”希娜说完就气冲冲地上楼回了自己房间，把门砰的一声摔上了。

老汤姆抬了抬眉毛，对我们翻了个白眼，但他没有回楼上，而是提着煤油灯坐在沙发上看起了书。我在走廊上晃悠了一会儿，观察了他一阵子，发现他好像是假装不相信希娜的——我注意到他不止一次地向窗外望去。

✦✦✦

到了早上，大家吃早餐的时候又全都兴高采烈起来。老汤姆移开自己的咖啡杯，把下面垫的盘子拿了起来，在空中画着圈。

“看看，这是什么？”他向西比提亚问道。

“我不知道。”西比提亚回答道。

“飞碟。”老汤姆说。

“哈哈。”希娜干笑了几声，“我要去我的工作室了。弗兰妮，你把鸡蛋都装好了就叫我一下。我们把鸡蛋和牛奶一起放上卡车，送到布鲁克曼商店去。我还想去问问厨子的情况。”

“我们也能去吗？”维妮弗蕾德问道。

“没问题，”希娜回答道，“不过你们得和那些牛奶桶还有鸡蛋一起坐在后面的车斗里了。”

“哇！”西比提亚喊了一声。

“棒。”威尔弗雷德说。

“你们两个男孩，在等女孩们准备的时候要不要来帮我种土豆？”老汤姆问道。

“太好了！”西比提亚很兴奋。

“太棒了。”威尔弗雷德回应道。

“你们也就现在还高兴得出来，”老汤姆嘟囔道，“你们种过土豆吗？”

“没有。”威尔弗雷德说。

“我就知道。”老汤姆说完就带着他们慢慢地向土豆田里挪去，这时我和维妮弗蕾德正在收拾厨房。

有一小会儿我们之间的气氛非常尴尬。房间里只有我们两个人，想找话又找不到话说。

“哦，天哪。”我们无言地洗了十分钟的盘子，我终于开口了。

“是啊。”维妮弗蕾德应和了一下。

这下我们俩的脸都有点儿发烫。

“说说，”她开口说道，“弗兰妮是你名字的爱称吗？”

“不是，”我答道，“就只是弗兰妮，你懂得。有人会叫你维妮吗？还是有人会把威尔弗雷德叫成威尔或是威利？”

“不会。”维妮弗蕾德说，她看起来有点儿遗憾的样子，“爸爸想这么叫，但是妈妈说她给我们起名字可不是让人用这么难听的简称来叫的。她说一旦开了个头，就再也用不回全名了。”

“好吧，”我想了想，“她说的应该没错。”

“我们走之前你都可以叫我维妮，”维妮弗蕾德说道，“如果你愿意的话。”

“哦，别管叫什么了，我可不愿意你们走。”我要了个心眼，“你们大概什么时候走呢？”

“我不知道，妈妈也没告诉我。我只知道她担心爸爸做什么傻事，但她也没说是什么傻事。她基本上什么都没告诉我们。”

“你们没想着问问看吗？”

“妈妈就是这种操心的性格，她总是觉得人人都想毁灭世界，但根本没人想这么做。她只要弄清楚了爸爸没事，就会回来的。”

“哦，那好吧。”我说道，“那我们去拿鸡蛋吧。”

我们一路跑到了鸡舍。有些母鸡很听话，但有些非常不合作。我教了维妮弗蕾德接近它们的方法，告诉她哪些鸡可能会非常难搞。尽管如此，当第一次有一只鸡飞过去啄她的时候，她还是尖叫着跑到了鸡舍外面，站在门口歇斯底里地尖叫。我在想，这大概是从爱丽丝那里遗传来的，只是以前没有表现出来罢了。顺带说一句，我们谁也没少被这些鸡折腾过。

“这鸟真是太、太可怕了。”她缓过劲来以后说道。

我冷静地盯住了那只啄她的鸡，说道：“没错。现在看好了，我教你怎么对付这些可怕的鸟。”我迅速靠近那只母鸡，一把抓住它的脚踝，把它关进了鸡舍角落的笼子里边。

“那样就可以让它们不啄人了吗？”维妮弗蕾德犹犹豫豫地走进了鸡舍。

“差不多吧。”我说，“我本来应该把下蛋最少的那只鸡关进笼子里去，然后用它做周日的晚餐。不过，偷偷告诉你，我都是把最不听话的那只关进去。”

“我可能吃不下去。”维妮弗蕾德说，“这已经不是把敌人干掉的问题了，这就像还要把敌人烤来吃。”

“我觉得，等你闻到老汤姆做的周日烤鸡的味道，你就不会这样想了。不过管它呢！我们来挑一下鸡蛋，然后把它们装起来吧。”

我和维妮弗蕾德一起去了鸡舍旁边的检蛋房。我给她示范了怎么把鸡蛋放在照蛋灯下来找血斑或者肉斑，她很快就上手了。她找出了好几个有黑点的鸡蛋，我们把这些鸡蛋单独装了起来。这些蛋是留给我们自己的。希娜说如果我们不是特别介意这种事情的话，这些鸡蛋吃起来是没有什么问题的。在整个过程中，维妮弗蕾德没有失手打碎哪怕一个鸡蛋。之后我们回到屋里，在去布鲁克曼商店之前洗了洗手。我跟着维妮弗蕾德上了楼，她之前被鸡啄出了点儿血，溅在了衬衫上，所以想换件衣服。

“我就在穹顶上，”我说道，“你准备好出发了就叫我。”

我时不时就要去穹顶上待一会儿。不是去写作，也不是去拿望远镜寻找鲸鱼，只是简单地待在那儿。在这个房间里，有些事情也许会发生。每当我走进去的时候，仿佛都能感觉到它们呼之欲出。

“你去那儿干什么？”维妮弗蕾德问道，“我换衣服前可以和你一起去吗？”

“非常抱歉，不行。那是我写作的地方，谁都不让进。”

“哦。”维妮弗蕾德想了想，接着问道，“我能看一看你已经完成的作品吗？”

“嗯，我还没有完成过一部作品呢。”

“那你怎么知道自己能写出一部作品来呢？”她问道。

“这正是令我头痛的地方，我不知道能不能。不过总得试试。”

这让我又想起了老汤姆的“注定失败也要去做派”，不过我压根儿就不相信这是注定失败的事情，不然我还做个什么劲？

“你为什么不写写希娜看到幽浮的事情？”她建议道。

这就是告诉别人自己在写作的麻烦。他们总会给你一些题目让你去写，就好像是他们——而不是你自己——给你提供了写作的灵感。

“啊，你不是要去换衣服吗？”我说道。

“看得出来你不想讨论这个话题。”维妮弗蕾德贴心地打住了话头，然后跑去换衣服了。她并没有生气，应该是没有把我的沉默误解为傲慢的表现。可能和爱哭鬼爱丽丝在一起待久了，她对有个性的人已经习惯了吧。

我上楼的时候，突然灵机一动。我在一张打字纸上写下“注定失败也要去做派”的字样，搬来一把椅子，用透明胶把纸贴在了穹顶门口的门框上。这让我感觉稍微好了一些，好像我反向“诅咒”了自己一下。这让我瞬间没有了压力。如果这曾是注定失败的事情，大家都认为我做不到的话，说不定反而不知不觉就能成功呢。

我听到了维妮弗蕾德走进走廊的声音，我赶紧跑下去和她会合，一起去希娜的工作室。

希娜正盯着一个她做的雕塑出神。那是一条美人鱼，我觉得还挺漂亮的。但是就在我们站在旁边那一会儿，希娜突然一脚把雕塑踢倒，然后双脚踩了上去。

“烦人！”她说道，“我不干了，真的不干了。我一直想用大理石来做雕塑。米开朗琪罗啊！那才算是艺术家。”

“嗯，那你为什么不用大理石呢？”维妮弗蕾德问道。

“我试过，但是我做不到。我只能用黏土，但真正的雕塑家都是用大理石的。《大卫》，那才算是雕像。《圣殇》，那才是好作品。《囚徒》，天成之作，雕像里的囚犯就好像要走出大理石一样。而我的黏土里面什么都没有，它就像一个大肿块。我不干了，我要找个地方当服务生去。”

随后她迈着沉重的步子走向屋里去换衣服，路上还回头喊道：“姑娘们，装车。”

“哦，天哪。”维妮弗蕾德说，“妈妈说过希娜小有名气。她说维多利亚市的议会大楼外边还有一件希娜的作品呢。希娜真的要放弃雕塑了吗？”

“很难说。她每天都这样。你妈妈可能觉得她很出名，但是希娜对自己的任何作品都不满意。她总说这些作品的潜能没有被激发出来，连议会大楼外面的那个也是。”

“她这是艺术家的烦恼。”维妮弗蕾德说。

确实，对于不搞艺术的人来说，维妮弗蕾德对情况的把握还是很到位的。又或许她只是擅长倾听而已。

我们小心翼翼地把鸡蛋盒放到卡车后的车斗里，与牛奶桶摆在一起。然后，为了叫上男孩们，我们跑去了土豆田。我们到的时候，威尔弗雷德正拿着一袋土豆种子，与老汤姆一道勤劳地播种。西比提亚正伸展着双臂，嘴里发出啧啧声，在田埂上蹦蹦跳跳。

“西比提亚，别再扮演飞机了。快点儿，我们要出发了。”维妮弗蕾德喊道。

“你觉得他会不会喜欢别人直接叫他威尔？”我小声对维妮弗蕾德说，觉得威尔弗雷德应该听不到。

但是他听到了。他把锄头放下，说：“你叫我威尔也没关系。”

“你更喜欢哪种叫法，孩子？”老汤姆问道，“别让那些姑娘强迫你。”

“我其实并不在乎。”威尔弗雷德说道。

“就应该这样，”老汤姆说道，“别人怎么称呼你并不重要。锄好自己的田，走好自己的路，定好自己的方向。”老汤姆坚定地点了点头，然后又继续播种去了。

“我不会强迫他的。”我边和其他几个人向卡车跑去，边回头对老汤姆喊道。

“我知道的。”老汤姆用喊声回应。

但我知道已经晚了，现在已经不能给这三个家伙起什么绰号了。我只能用他们父母给他们起的复杂名字将就一下。

西比提亚张开双臂，嘴里不断发出啧啧声，一下跳过了土豆田的篱笆。

“他对飞行着了魔。”维妮弗蕾德说道。

男孩们的身上都是在地里沾上的泥斑，不过他们看起来一点儿也不在乎。

我们在老汤姆放到车斗里的长凳上坐下。

“注意那些鸡蛋，可别坐上去了。”维妮弗蕾德提醒道。

之后，希娜从房子里出来，穿着她那身“布鲁克曼商店专用服”，一下跳上了驾驶座。去布鲁克曼商店时，她每次都会穿连衣裙，戴上一顶质量上乘的帽子——毕竟在那儿遇见谁都有可能。

我们到达以后，马上就搬起牛奶和鸡蛋，绕到商店后面交给布鲁克曼太太，然后回到前门。布鲁克曼太太把货款交给希娜后，希娜从里面拿给我们每人五分钱，让我们去买巧克力吃。挑选巧克力是一个漫长的过程，我们在各种口味之间挑来拣去。与此同时，希娜和六位女士正边喝咖啡边聊闲话，收音机的声音充当了她们的背景音乐。突然，希娜尖叫着伸出手去，把收音机的声音调大。本地新闻的播音员正在播报："昨天夜间，一个发出蓝光的高速飞行物被目击到出现在维多利亚市上空。加拿大航天研究所正在找寻目击者，看见过这个发出蓝光的飞行物的人，请立即与他们联系。加拿大航天研究所认为，这个飞行物是一块陨石。"

"那是我的陨石！我的陨石！"希娜大喊着，上蹿下跳，"我看见了！我看见了那道蓝光！"

"亲爱的，真的吗？"布鲁克曼太太说，"那么，你必须得联系航天研究所了，就用我的电话。"

"是的，你必须联系他们。"另一位女士说道，"这是你的义务。"

"这实际上是爱国的义务。"梅茜小姐说道，她一直独居，经常来布鲁克曼商店找人聊天，"我们可不知道那些邪恶的敌国又弄了些什么东西来折磨我们。

这可能是一块德国或者日本的陨石！”

希娜和布鲁克曼太太同情地看了她一眼。大家都知道，她脑袋里少根筋。

“陨石不属于哪个国家，亲爱的，没人能把它们关住。”布鲁克曼太太温柔地对她说，“陨石，怎么说呢，属于自然。它们都是野生的，就像狼一样。”

“哦，我懂了。”梅茜小姐说，“但是，政府还要求我们注意敌国潜艇，不是吗？我觉得不只是海里的，空中的也要注意，哪怕是太空来的——从太空来的敌人的东西。”

“快打电话，打电话。”其他女士催促着，无视了梅茜小姐。

带着强烈的自豪感、亲眼看到连航天研究所都重视的稀奇事物的成就感，以及被认同的喜悦，希娜走到了电话前。我们都安静了下来。她拿起话筒，拨通了号码。

“你好，”她对着话筒说道，“是的，嗯，我看见了那道蓝光。对，嗯，那个，陨石。是的，我听到了你们在电台里提到的那块蓝色陨石。怀特克拉夫特太太，住在苏克镇。东苏克农场。是的，哦，真的？为什么？好吧，没问题。两点钟怎么样？那就这么定了。很好，不用谢。”

她挂上电话，眉开眼笑地看向我们。“他们要采访我！”她骄傲地说。

“好吧，我从来没接受过采访。”一位女士说道，“你可能要参与到一项研究中了。”

“你要成就一段历史了！”梅茜小姐说道，她总是把事情过度拔高。

“至少，你已经尽了你的责任。”布鲁克曼太太说。

“我为什么就从来没见过陨石？”梅茜小姐问。

“那要是块陨石的话，它怎么可能就悬浮在你的窗外呢？”维妮弗蕾德问道。不过没人注意到她的提问，有大人在的时候，大家都不怎么会关注孩子们。这也是作为孩子的好处，就像隐身了一样。等我长大了，开始被别人认真对待的时候，我肯定会怀念童年时光的。

“我得赶紧回家了。”希娜一边说着，一边已经开始手忙脚乱，她激动坏了，“要打扫一下会客厅，还得做些下午茶饼干或者别的小点心，说不定航天研究所的人喜欢呢。啊，天哪，我不知道怎么做饼干。布鲁克曼太太，我差点儿忘了问你，你的侄女还和你住在一起吗？”

布鲁克曼太太抿紧了嘴唇，严肃地点了点头。

“我可以请她来我家帮忙一段时间吗，一直到马登家的孩子们回去为止？我需要一个厨师，我可以付钱。你的侄女会烹饪吗？”

“哦，会的！”布鲁克曼太太说道，“她烹饪可在行了。葛莱蒂丝，快过来。”

两秒钟后，葛莱蒂丝就拉开门帘从后面的房间里出来了，显然她之前就偷偷摸摸地躲在那个房间里。我一看到她，就对她产生了怀疑。首先，我说过，书里讲的厨师都是年纪比较大的，而她看起来有点儿太年轻了。她的外表看上去也非常不像个厨子。她一点儿都不胖，这不应该。她不仅很苗条，有一头带卷的金发，还化了很浓的妆。在我们这地方，很少有女人这么浓妆艳抹的。她穿的连衣裙皱皱巴巴的，却是最新的款式。这种穿着在我们这儿也很少见。学校里的女孩都知道最新款的衣服什么样——我们会把宣传册上的照片来回传阅，但我们根本没见人穿过。不管是我们的老师、家长，还是布鲁克曼商店的女士们，从战争开始以来就都只是凑合着过日子。但现在，这里出现了一个人，穿着最新潮的裙子——那可是我们拼了命也想要的东西，而她竟然都不好好打理它。要是我们这些女孩有幸得到一条这样的裙子，肯定会把它洗净、熨平，让它一直像崭新的一样挂在衣橱里，只有在最特别的场合才拿出来穿。看到葛莱蒂丝这么随意地对待这条裙子，好吧，我只能说我对她的印象很不好。实际上，她整个人就不太对劲，这一眼就能看出来。她太邋遢了，指甲缝里全是泥，起码一周没有清理，头发看起来也很久没梳了，有一撮头发在脑后竖起来了。总而言之，你绝对不会想让这样一个人来料理你的饭菜的。

“葛莱蒂丝，怀特克拉夫特太太想给你一份工作。”

“肯定是哪里搞错了，”葛莱蒂丝转身就想回到门帘后面去，“我根本没有申请任何工作。”

“给我回来，葛莱蒂丝。今天是你的幸运日。你虽然没有申请工作，但是有一份工作找上门来了。怀特克拉夫特太太需要一名厨师，你是会做饭的。”

“不，我不会。”葛莱蒂丝答道。

“你会的，我见过你做饭。”布鲁克曼太太说。

“你以后就要住在我的农场里了，当然，只是在雇用期间，这不是一份长期工作。你会有自己的小棚屋，那儿住起来还挺舒服的。”希娜说道，她的眼神有点儿游离，对最后说的那句话不是很有自信。

“那儿用的是室外卫生间。”西比提亚用鼓励的语气说道，“还有蝙蝠。”

西比提亚好像很中意那个室外卫生间，还好大家一如既往地无视了他。

“嗯，我拿不定主意，我在这里过得挺开心的。”葛莱蒂丝顽固地说道，“我的日程安排里面可能没有做厨师的位置了，你们懂得。”

说这句话的时候，葛莱蒂丝拿腔拿调，表现出一种上流做派，企图以此激怒我们，但实际上只让人觉得她演技拙劣。

“胡说！”布鲁克曼太太说道，“你妈妈把你送来这里是为了让你开拓，嗯，开阔眼界的。去做饭去！”

“那真是太能开阔视野了。”梅茜小姐一如既往地发表了她的白日梦言论。任何事都能让她兴高采烈起来，因为在她眼中，现实和幻想根本没有边界，“噢，炖菜，我的老熟人！还有辣椒！亲爱的，给你一个建议，”她热切地抓着葛莱蒂丝的手，一路把她推到了墙边，“你要和面包做朋友！”

“哎呀，快把她给我弄走。”葛莱蒂丝喊道，颇有气势，但着实有失风度。

“快去收拾你的东西。你现在就可以去上班了。

我们要为战事贡献所有的力量。”布鲁克曼太太按着葛莱蒂丝的肩膀，把她往生活区那边推。

“我不明白，为农场主做饭和为战事做贡献有什么关系？”葛莱蒂丝问道。

“农场主们是国家的脊梁。”梅茜小姐说道，“他们产了粮食，我们国家的小伙子们在海外才不会挨饿。”

为了强调这点，她啪的一下立正，敬了个军礼，但因为穿着矫正鞋而显得挺傻的。她还催促大家也对她敬礼。她这套动作倒是给了我一点儿灵感。

“我们那地方是有军队驻扎的。”我说道。

当然了，没人注意到我说了什么，但是我的话语中肯定有什么关键词穿透了希娜的“大人的意识领域”，因为她马上说道：“你们猜怎么着，我家的农场上可是有部队建了兵营的。我们那儿到处都是士兵。”

“我这就去收拾东西。”葛莱蒂丝说道。她转身掀起门帘，上楼去拿她的东西了。过了一分钟她就穿着高跟鞋回来了，穿那玩意儿在农场上走两秒钟都够呛。她双腿的后面还各画了一条竖线，穿不起尼龙袜的女孩都会这么干。可是葛莱蒂丝把线画得歪歪扭扭的，看起来就好像她的尼龙袜松松垮垮的，需要她提一把一样。从这里我能看出来葛莱蒂丝的特点（从穿着打扮到烹饪都是）：做事做一半，给人一种她能做好但就是懒得做的感觉。她身后还拖着一个沉重的行李箱。

“希望你们能认识到，我干不了太重的活儿。”她边往外走，边拿腔拿调地对希娜说，“我需要很多时间来鼓捣我的神秘学物事。”

葛莱蒂丝爬进了驾驶室，坐在一个翻过来的牛奶桶上，我们把那个当作座位用。我和其他三个孩子都爬进了车斗。

“你的什么？”希娜问道。

“我的神秘学物事？我是个占卜师！”葛莱蒂丝说道。她这会儿已经不用那种拿腔拿调的说话方式了，而是在每句话的句尾把声调上扬，让每句话听起来都像是问句，这和刚才一样烦人。我脑子里忙着给她的每个句子打上标点符号，忍不住想给她上一节关于表达方式的课，我知道希娜肯定也跃跃欲试了。当然了，我们都不会做这么没礼貌的事情。

“我计划靠这个为生了。你知道的，预言、茶叶占卜、塔罗牌占卜。现在我在研究水晶球占卜。我在这方面比较有天赋。”

“哦，确实。”希娜一本正经地说道，“信仰的力量总能令人感到慰藉，不是吗？老汤姆有个亲戚相信爱尔兰小妖精的存在。冰岛人相信世界上有精灵。他们从那些胡编乱造的故事里一定得到了不少慰藉。——拐弯的时候抓紧门把手，牛奶桶不是很稳。”

说完希娜就发动了车子。

“你能帮我看看我的命运吗？”西比提亚喊道。

“哦，可以啊，”葛莱蒂丝说，“你的‘气场’非常鲜明。你有二十五分钱吗？”

“我一分钱都没有。”西比提亚说。

“我感觉到我的能力正在衰退。”葛莱蒂丝说。

我们刚要离开，就看到布鲁克曼太太跑了出来，喊道：“亲爱的，我差点儿忘了把你的信件给你。”她冲到车窗前，交给希娜一沓信件。随后我们就踏上了回家的路。

一回到农场，希娜就开始帮葛莱蒂丝在小棚屋里安顿下来，然后试着说服她去做一些下午茶饼干。但葛莱蒂丝声称，她预感到今天不是烘焙点心的好日子。

“无稽之谈，”希娜说道，“听话做事。”

“好吧，”葛莱蒂丝闷闷不乐地从小床上爬起来，她刚才正瘫在那里看一本她带来的美容杂志，“不过我不对烘焙的结果负责。”

“你去做点心的时候，我们能看看你的美容杂志吗？”我和维妮弗蕾德问道，但葛莱蒂丝只是斜着眼睛看了我们一下，然后用希娜给她的钥匙把小棚屋的门给锁上了。

“她不太好打交道啊。”维妮弗蕾德小声说。

希娜把葛莱蒂丝带到厨房去了。威尔弗雷德去菜园里帮老汤姆干活儿了。老汤姆在菜园里种了豌豆、生菜、胡萝卜、甜菜和红花菜豆。我和西比提亚还有维妮弗蕾德拖着步子跟在希娜后面，因为我们不想错过和航天研究所的人见面的机会。这会儿希娜正坐在会客厅里整理信件。布鲁克曼太太把马登家的信件也交给她了，要等爱哭鬼爱丽丝回来再转交。突然，希娜抬起头来对我们“哦”了一声，从马登家的那沓信中抽出一封，交到西比提亚手上。“这封是给你的。”她说道，“现在都给我走开，我要处理这些账单了。要是你们在这儿让我分心的话，我会把支票全部装错信封的。我以前就干过这事，花了不知道多久才解决的。”

“等太空人来了，你会叫我们吗？”西比提亚问道。

“当然会。走开走开。”希娜重复道，但她并没有开始处理账单，反倒是开始打扫和整理起会客厅来。

我们走到外面，坐在门廊前的台阶上。

“谁给你写的信？”维妮弗蕾德边问边试着把那封信

从西比提亚手里夺过来看，但西比提亚紧紧地抓着信。

“放手，这是我的！”他说道。

“那好，那你拆开来看看啊。”维妮弗蕾德要求道。

“不。”西比提亚干脆地拒绝了。

“你难道不想知道是谁写给你的吗？”维妮弗蕾德接着问道。

“我已经知道了。这是个秘密，我发誓要保密的。”

“瞎扯，”维妮弗蕾德说，“你不过是想引起重视罢了。你最好是给我看看，也许有些生词你读不懂。”

“他保证过不会用生词的。”西比提亚说。

“谁保证的？这是爸爸的信吗？”维妮弗蕾德的声音里透出愤怒，“他竟然只给你写信，不给我们写？”

“这不关你的事。”西比提亚回了一句。当维妮弗蕾德站起来想把信抢过来的时候，他跳下台阶，向森林里跑去。

“由他去吧。”维妮弗蕾德不耐烦地说道。

看着西比提亚奔跑的样子，我觉得我们本来也没法拿他怎么样。对于一个腿短个子小的人来说，他跑得像风一样快，我们还没反应过来，他就跑过了田野，钻进了森林里。

“你确定他不会迷路吗？”我问道，“他可能方向感还不错，但那片林子很大啊。”

“不要紧。我觉得他脑子里就像有个指南针。”维妮弗蕾德说道，“而且想把他不愿交给你的东西抢过来也没意义。他固执得很。妈妈说他这点很像爸爸。爸爸从来不会听人指挥他该做什么，不该做什么。再说了，我找个晚上溜进他房间，偷偷看一下信就好了。爸爸可能只是给他寄了些飞机或者别的什么的画。他们都是飞机迷，我看他们的脑子也一样迷。”说完，她就被自己的冷笑话逗得大笑不止，直到我们看见一辆车快速向我们家驶来。车停下的时候，我们看见里面坐着一个看起来就是大人物的小个子男人。他戴着软呢帽，衬衫的口袋里插着很多钢笔，还有一些小工具。

“这一定就是……”维妮弗蕾德喃喃说道。

我屏住呼吸盯着那个人：“航天研究所的人。”

航天研究所的来客

“希娜！”我高喊着跑进屋里，“航天研究所的人来了！他就在门口！”

“他来早了两个小时。”希娜烦躁地说道，从会客厅走了出来。

我们去厨房想看看饼干做得怎么样了，但我们只看到葛莱蒂丝坐在餐桌前唱着比博普[1]，跟着脑海里的节拍，用一只勺子敲着大腿打拍子。厨房里到处都是面粉，炉子里还在不停地飘出灰烬。

“饼干呢？”希娜问道。

“罗马可不是一天建成的。”葛莱蒂丝故弄玄虚地

① 比博普，爵士乐的一种类型。

说道，然后继续打起拍子来。

希娜叹了口气，回头准备和来访的科学家会面去了。“好吧，既然他来早了两个小时，那我们没准备好饼干也是很正常的。他应该是个物理学家吧，物理学家都不相信时间[1]。他现在在哪儿？”她说。

我往门廊的方向指了指，那个人已经走了过来，正在和维妮弗蕾德说话。

“你好，”希娜迎出去和他握了握手，“请进。”

“这儿离我们那里可真远啊，道路也弯弯绕绕的。”那位科学家热情地回握了希娜，然后装模作样地擦了擦额头上的汗，就好像他刚跑了上千公里一样。他在门廊处脱鞋的时候，手腕还浮夸地抖了几下（就好像脱鞋不是正常的礼节，而是航天研究所的规定动作一样），把整个场景渲染得庄重且富有仪式感，就像医生做手术前拉紧手套的动作一般。希娜并不在意我们进屋脱不脱鞋子，我们也都穿着鞋子，不过我们没有提醒他这一点。我们觉得航天研究所的人做事肯定自有他的道理。我们几个孩子都敬畏地看着他，就好像我们从没见过别人脱鞋一样。之后我们进到了屋里。

---

① 二十世纪初，物理学家阿尔伯特・爱因斯坦提出了相对论，颠覆了人类对时间与空间的认识。相对论是现代物理学的支柱之一。

“好吧，”希娜说，“要有信心，我想饼干一定会烤好的。”

从厨房飘出一阵烟，我们还能听到葛莱蒂丝愤怒的吼叫：“可恶！我恨这个柴火炉！”

“也许烤不好了。”希娜说道，“请来会客厅吧。”

“说实话，”那个男人说道，“我更想看看你目击陨石的那个地方。”

“为什么？”希娜看上去有点儿慌张，我知道她在想什么。她之前虽然把会客厅收拾干净了，但自己的房间从来都是一团糟。

“我想要做一些测量工作，”男人说道，“如果你不介意的话。”

希娜看上去很不情愿，但又找不到理由拒绝。

“我们也能来吗？”维妮弗蕾德问道。

“行吧，嗯，我觉得没问题。”希娜心不在焉地说道，她毫无疑问是在回忆房间到底有多乱，适不适合让我们这些小孩看到，“西比提亚呢？他不是也想见见航天研究所的人吗？”

“你可以叫我黑斯廷斯先生。”那个男人抬了抬他的软呢帽。

“他跑走了，”维妮弗蕾德回答说，“我们也不知道他去哪儿了。”

“那好吧，我希望他没跑去和猪玩在一起。”希娜说，“男孩子总是会被那些最能把他们弄得脏兮兮又最麻烦的东西所吸引。”

黑斯廷斯先生和善地笑了起来，这反而让希娜吃了一惊，她一点儿都不觉得自己在开玩笑。

“那威尔弗雷德呢？”希娜接着问。

“他和老汤姆待在一起。”我回答道。

希娜从窗户探出头去喊道：“威尔弗雷德！航天研究所的人来了！”

但老汤姆和威尔弗雷德都向她摆了摆手，就好像在说：“好，知道了，忙着干正事呢，别管我们。”

“他们还真是臭味相投。”希娜说道，“行了，都跟上。”

我们一起走上楼，希娜小心翼翼地接近自己的房间门，就好像每走一步都可能会踩到地雷似的。她非常非常轻地把门打开了一条缝，然后探头往里看。

“嗯，”她说，“要不然还是等我快速打扫一下吧。”

“哦，不用，我们航天研究所的人什么没见过！”黑斯廷斯先生说道，等不及要进门查看。

他坚定地走上前来，但希娜用力地在他胸口推了一把，把他推开了，这让他十分惊讶。趁着他还在震惊当中，希娜钻进了房间，关门上锁一气呵成。我们听到房间里传来剧烈的响动，不时还夹杂着些脏话。当她终于把门打开时，她的头发一缕缕地粘在满是汗水的脸上，她灰色的发髻后面还挂着一条绿色的长袜。我跑到她后面，轻轻地把它扯下来，然后扔到了身后。希娜没发现我的小动作，她正亲切地对着黑斯廷斯先生微笑，好像之前无事发生一样，说："快请进吧。"

四下环顾了一下，我不禁在想，希娜收拾房间前这里是怎样的惨状。即使现在，报纸也散落得到处都是。希娜喜欢在床上看报纸。床也没铺好，上面还有个苹果核和一堆用过的纸巾。衣服分了好几堆放在各处，就好像分好类要拿去洗一样，而且真有可能是这样。希娜喜欢把衣服分成三类：脏的，比较脏、应该拿去洗但还能穿的，干净但是没叠好的。她很早之前和我讲过这个分类方法，并告诉我她仅仅是说明而已，并不建议我使用这种方法。她现在脸都发白了，但明显还是决定厚着脸皮不表歉意，因为她马上就开始谈正事了："我就是在那扇窗户那儿看见它的。"她指了指床头的那扇窗户。

"很有趣。"黑斯廷斯先生说道，从衬衫口袋里掏出了一些工具，“你不介意吧？”他做出一个想要爬到床上去的姿势。

希娜像公爵夫人一样搭着手，摆了一个“请随意”的手势，于是黑斯廷斯先生爬上床去，假装看不见那个苹果核和那些脏兮兮的纸巾，开始测量各种角度。

“你当时看到的它的位置，准确来说在哪儿？”

“嗯，”她回答道，“那儿，在那些树后面。”

“很有趣。”他又说了一次，“你说你看到它……”黑斯廷斯先生突然停下，慢慢地转过头来，直视着希娜的眼睛，意味深长地问道，“发着蓝光？”

我和维妮弗蕾德惊得跳了起来，不过希娜坚持着没动。

“是的，”希娜说了谎，而她的脸上也出现了说谎时特有的那种抽搐。她之前告诉过我们，那玩意儿闪着很多颜色的光，其中包括蓝光，“没错，我是看到了。因此我才给你们打的电话。我听到广播里说它……”说到这里，她也停住了。和黑斯廷斯先生一样，她缓慢地抬起头来，目光犀利地看向他，“发着蓝光。”

“是这样。”黑斯廷斯先生说道。

他用探究的眼光打量着希娜。虽然他们之间隔着一两米，但看起来就像是一对舞伴，正随着听不见的音乐起舞，有一种不言自明的默契。

“这道蓝光——我是说，这块陨石……”

黑斯廷斯先生说着，但希娜突然涨红了脸，垂下了眼睛。

“我们现在在说陨石的事情……”他说道。这虽然是个陈述句，但听起来话中有话，像是在询问什么。

“是的。”希娜气若游丝地说道，我们都快听不见她在说什么了。我很肯定她现在已经在坦白的边缘了。

“它飞得有多快？你会怎么描述它飞向地平线的……”又是一个停顿，又是缓慢的转头动作，又是那种犀利的眼神，“速度？”

我和维妮弗蕾德不自觉地向前倾了倾身子，好听清楚每一个字。

“哦，”希娜答道，“嗯，速度，它的速度，嗯，不好说。”

“啊，”黑斯廷斯先生点点头，就像在认真思考这个回答，“这就对了，不是吗？不好说。”

“确实不好说。”希娜附和道。

“嗯……”黑斯廷斯先生沉吟一声，接着开始一遍又一遍地测量起来。他双膝跪在松软的床垫上，惊险地维持着平衡。不过我确定他现在测量的东西在一开始就已经测量过了。我觉得他在拖延时间。也许他想给希娜一个坦白的机会，但希娜一直闷不作声。

“这块陨石是匀速运动的吗？”他终于还是开口了，这次他换了个策略。虽然希娜之前说的每一句话他都没有放过，但他还是装作漫不经心，好像对这块陨石并不上心的样子。我觉得他肯定对希娜说的一个字都不信，他希望用这种策略来使她说真话。

希娜引用了爱哭鬼爱丽丝的话，说：“嗯，它看起来是紧接着的。”

这句话好像让黑斯廷斯先生有点儿为难，他在写什么东西，可能是“受访对象的语言表达能力有限”。

“那么，还有什么别的吗？”他问道。

“应该有什么别的吗？”希娜反问道。

“不好意思，”维妮弗蕾德突然插进了这段双人舞中，打破了我们不能说话的魔咒，“请问你一直在测量些什么呢？”

“角度。”黑斯廷斯先生微笑着对她说，“全都是……角度。”

说到最后，他的语气突然变得严厉起来，这让我和维妮弗蕾德吓得退了好几步，然后不停地点头。我们生怕他终于疯了，要袭击我们。

“角度，没错，角度。”我们机械地重复道。尽管这个回答什么也没说清楚，但我们觉得还是热情地表示同意比较好。

我有些纳闷：为什么希娜会如此心口不一呢？她对家人们坚称自己看到了幽浮，却不肯向愿意相信她的人吐露实情。黑斯廷斯先生好像有同样的想法，他跪在床上，一点儿一点儿地向她靠过去，而希娜则在床边站着不动，就好像被他的“航天研究所催眠视线”给定住了一样。他盯着她的目光变得更加深邃，也不知道他们谁会先眨眼。结果，还是黑斯廷斯先生先眨眼了，因为他一直在往床边靠，而那一直支撑着他身体重量的松软床垫没法再撑住了，于是他连人带床垫一起从床边摔了下来。我不得不佩服他，即使是摔下床，也表现得大方自如，像完成了一个航天研究所式的标准动作一样。他连衣服都没怎么乱，只是若无其事地拍了拍裤子。但刚才营造的那种让希娜说不出话的氛围已经被打破了，他又变回了原本的样子——那个普通而古板的科学家。他说：“好吧，感谢你联系我们。如果你想起了其他细节，可以再联系我们吗？”

“好的，当然可以。”希娜如释重负。我们一起离开了她的房间，她转身把门关上了。

“你是什么时候……”我们走到楼下时，黑斯廷斯先生像是刚想起来一样，随口问了一句（但显然这也是深思熟虑过的），“看到那个东西的？”

“哦，我记不太清了，晚上九点半左右吧。弗兰妮，你说呢？”希娜转头问我，现在她看起来已经恢复正常了，思路也很清晰。看来她可能只是不太能接受像幽浮这样的魔幻事物，以及航天研究所的怪人。

“是的，差不多就是那个时候。”我回答道。

我们把黑斯廷斯先生送到了门口，他穿鞋子时并没有带着脱鞋时的那种仪式感。我不禁想，要是希娜把看见幽浮的真相告诉了他，他是不是还有一套取证完毕的礼节可以用来把鞋穿上，很可惜我们永远也不会知道了。

因为我们都没话可说，于是产生了一段意味深长的沉默。我从没经历过这种沉默，就好像在安静的空气中孕育着某些事情的胚芽——一种“山雨欲来风满楼”的感觉，还挺有意思的。

然后，就在黑斯廷斯先生直起身准备离开的时候，他突然又回过头来，直视着希娜的双眼，说：“挺不错的，你没把那东西当成一个……”说到这里，他的眼神变得更加犀利，“幽浮！”

我们都吓得跳了起来，根本忍不住。不过当黑斯廷斯先生看到希娜还是站着不动、一言不发的时候，他开心地大笑起来，好像这一切都非常有趣似的。

“哈哈哈哈。”他虽然笑得很和蔼，但眼睛里却没有笑意，有的只是机警的目光，直射进希娜的双眼，似问非问。这时，我都快忍不住要开口告诉他，希娜当时就是这么认为的，以此来结束他们的对峙。不过在我开口前，希娜也亲切地笑起来，说道：“是的，挺不错的。”她说完就赶紧把视线移开了。

黑斯廷斯先生最后又给了她一个探究的眼神，然后说：“再见。”他好像赋予了这个再常见不过的词一些新的含义。

“再见。”从希娜口中说出的这个词仿佛也意味深长。随后她把我们赶进屋子里面，关上了门。

我转身对她说：“你说的是真的！那真的是个幽浮！那个人是知道的！他知道那是个幽浮！”

“别说话。”希娜边说边把我们推进了厨房，这时我们听到了汽车开走的声音。

葛莱蒂丝肯定已经放弃做饼干了。厨房里散布着托盘装的焦煳块状物，葛莱蒂丝也不在。希娜让我们坐在餐桌前，自己去烧了一壶水。她恢复精力的一贯方法就是喝一壶茶。

“他在诱导你！”我说道，“他知道你看到的根本不是陨石，他想让你自己说出来。”

“是的，”希娜说，“你说得没错，我真是太蠢了。问题是，我在布鲁克曼商店给航天研究所打电话时，说我看到的是‘陨石’，而我不知道怎么在看上去不是很傻的情况下去更正这个说法。这就像是《皇帝的新装》的戏码，我可没有那种气节。”

水还没烧开，她就站起身，噔噔噔地走上了楼。

“你去哪儿？”我向她喊道。

“去把房间打扫干净。”我们听到了她在楼上扔东西的声音，于是把水壶从炉子上拿下来，灭掉炉火，出门去找西比提亚了。维妮弗蕾德提议去林子里找找看，顺便告诉他，因为他非要把信件保密，而错过了和航天研究所的人见面的机会。她非常幸灾乐祸。

“黑斯廷斯先生说话的方式很有问题，”在路上，我对维妮弗蕾德解释道，“他一直想让希娜承认那是个幽浮，他一直在测试她。”

“他为什么不直接问？”维妮弗蕾德问道，“如果他一开始就知道那是什么的话。”

“要是他们到处问大家最近有没有看到幽浮，那大家会幻想出一些子虚乌有的东西来，或者有些人想引起关注，就会胡编乱造。航天研究所要等大家主动告诉他们，不能以告诉大家那是个幽浮为前提开展工作。我甚至觉得黑斯廷斯先生根本没有测量什么。你想想，他究竟能测量些什么东西？他可能只是在等希娜说出真相。”

“希娜应该把航天研究所的人叫回来。”

“或许她会的。”我这么说道，但冥冥中知道她肯定不会这么做。这件事给她的打击已经完全盖过了发现幽浮的光辉经历，而且几乎没有反转的可能了。向不愿相信你的人吐露实情已经够尴尬了，向愿意相信你的人隐瞒真相只会更糟。

随后，我震惊地发现西比提亚和隐士待在一起。他们正从老汤姆几年前铺的那条通往海岸的小路上走过来。据我所知，隐士在遭受了一场意外后，从来没和老汤姆以外的人说过话（即使是和老汤姆说话的时候也不多）。老汤姆告诉我，隐士的智力有一些缺陷，他有时候甚至会忘记怎么说话，只能靠打手势来交流。老汤姆推测，隐士可能是被什么打到了头部，然后在冰冷的海水里泡了太久，等到他爬上岸的时候，损伤已经不可逆了。

“你和隐士在一起干什么呢？”我在西比提亚向我们跑过来的时候问道，此时隐士已经掉头回家了。

“我之前在暗中监视他。”西比提亚回答道，“我躲在森林里。他的房子是用浮木建的，在林子深处，离小路都很远。要是不知道怎么去，可能永远都找不到。我是在探索一条小道的时候发现它的。他有一套直通海滩的滑轮组，能把他在海滩寻宝时发现的东西都运上来。他还有个自己的菜园。他看到我后就邀请我进他家玩。”

“他邀请你了？”我更加震惊了，“他一句话都没对我说过。”

“很有西比提亚的风格。”维妮弗蕾德说，“你哪儿都能钻进去，不是吗？”

“他家里面是什么样子的？”我问道。我之前也不时去偷偷查看过，不过从来没进过隐士的家。

“他家里的书多得数不清。”西比提亚答道。

“这就怪了，”我说道，“他从来也不去镇上，究竟是从哪里弄来的书呢？”

“隐士说是老汤姆给他的。”

“我都不知道。”我感觉有点儿烦躁，隐士告诉西比提亚的事情，他和老汤姆从来都没有和我说过。我一直以为隐士从不和人说话，即使要找个人说话，那也应该是我，而不是西比提亚，毕竟，他可是在我们家的地盘上生活。我有点儿不太舒服地发现，我好像有种隐士属于我们家的错觉。虽然这个说法可能不太准确，但比起我这个聪明、漂亮的十二岁女孩，隐士更愿意相信一个好动的六岁男孩，这件事更让我气愤。

“他为什么会住在那儿？”维妮弗蕾德问我。

“老汤姆说，他发现隐士的那天，隐士正穿着一套破得不成样子的、看起来像是空军军服的衣服在林子里安静地造房子。老汤姆告诉他，他距离我们家只有三公里时，他什么都没说。老汤姆又问他是不是空军士兵，是不是遭遇了什么事故，但他说他不记得自己在军队的哪个部门了，也不清楚之前发生了什么。老汤姆推测他是从海里被冲上来的，于是老汤姆去悬崖那儿巡逻了好几天，生怕有其他伤员得不到救治。他也提出过帮隐士找到自己的家人或是联系空军，但隐士哀求他不要把他的事情告诉任何人。隐士非常喜欢他正在造的那个小木屋，很怕自己被别人带走。老汤姆说，从他造的小木屋就可以看出来他非常聪明，而且掌握了很多技能。老汤姆还说，就算有人不小心发现了他，也不太可能会非常重视。再说了，他的小木屋可是藏在森林深处呢。

“老汤姆说，如果隐士不想让其他人知道他，那没什么问题。老汤姆对他的处境也不是完全秘而不宣，只是不主动告诉别人他的存在罢了。老汤姆认为，既然隐士是为国家服过役的人，而这段服役的经历让他变得不再健全——这是我们这些人亏欠他的，就让他造一个属于自己的避风港吧。于是老汤姆给他买了一堆衣服、锅碗瓢盆，还有毛毯之类的东西来让他过得舒服点儿。他一次只给他一点儿，这样才不会让他感到接受不了。后来，他们做了个交易，老汤姆给了隐士一些蔬菜种子，让他自己建一个菜园，在收获之前还会每周不断地给他食用的蔬菜、牛奶、鸡蛋、黄油，时不时还有些面粉和白糖——这些都会被放到乳品厂的一个盒子里。作为回报，隐士要帮老汤姆做一件事。老汤姆说，这件事是他自己做不了的。隐士答应了。”

“他想让隐士干什么呢？”西比提亚问道。

“给夜色花园除草。”我答道。

这时，响起了晚餐的铃声。

✷

第一封来信

我们都坐到了餐厅的大餐桌前。之所以换到这个比较宽敞大气的地方用餐，是因为葛莱蒂丝来了以后，我们这儿人太多了，厨房的小餐桌挤不下了。希娜将几个巨大的烛台放到了这张沉重的旧木桌上照明，给煤油灯省点儿油。这场景还挺有上流社会气息的。我和希娜还有老汤姆从来都没有坐在这里吃过饭，这张桌子一般都是用来给希娜和老汤姆查票据用的。他们会把鸡蛋和牛奶的出货单放在桌上摊开，来看看到底是什么鬼地方出了问题。而现在，我们就像皇室成员一样围坐着，身上映照着蜡烛发出的明亮光芒。我不禁觉得，我那个潜在的朋友对我们家“中世纪式的诡异”的描述也挺准确的。这张桌子实在是太大了，如果要把碗传给别人，要么得把它拿起来走几步，要么就要当它是一个陶瓷做的雪橇，把它放在桌子上滑过去，然后听天由命。我们面前的大餐有烤焦的鱼、烤焦的土豆和烤焦的四季豆，甜点则是烤焦的饼干。

“问题出在这儿，”葛莱蒂丝发现我们都用绝望的眼神看着这焦煳的盛宴，不知道怎么下嘴，于是主动说道，“除了那个讨厌的炉子之外——顺带说一句，我来自纳奈莫，像那样开化的城镇里，已经没人会用烧柴火的炉子做饭了，除了那个之外，问题在于，我做饭的时候没什么能让我分心的东西。”

“我真不想看到如果你分心了会是什么情况。”希娜说道。

“不，不，你会想看到的。因为在我的大脑里，集中注意力所需调用的那部分，相比之下不是很好用。”

“显然如此。”老汤姆还在尝试吃一点儿烤焦的土豆，他特别喜欢土豆。他看起来一副难以置信的表情，好像根本不相信竟然有人能把土豆做得如此难以下咽。

“我大脑的后半部分更好使，你们懂得，就是我脑袋后面那部分。”葛莱蒂丝用一种沾沾自喜的语气说道。这让我们都朝她那头乱糟糟的、起码一周没洗的、活像个老鼠窝的头发看去。

葛莱蒂丝用叉子叉起一块烤焦的三文鱼，在自己的头发周围懒散地转来转去，结果有一小块掉进了她的头发里。这下我们都知道她为什么会显得这么邋遢了——她都懒得把那一小块鱼从头发里拨弄出来。一块厚厚的粉色三文鱼就那样粘在她头顶，看起来就像是她大脑的一部分钻了出来，来听她介绍自己。我们都惊呆了，目不转睛地盯着她。西比提亚咯咯地笑了起来。

葛莱蒂丝用鄙视的眼神看了他一眼，说道："大家都知道，人类的前脑和后脑不能同时工作。要是后脑管用的话，就别试着用前脑去做什么事了，没用的，它没法正常运转，只会制造混乱，把鱼烤焦。我们要做的就是用些东西把前脑的注意力吸引住，好让后脑起作用。伟大的厨师都是用后脑的，伟大的艺术家也是。像我这样的通灵师，也不例外。"

"那谁会用前脑呢？"威尔弗雷德问道，他眨眨眼睛，大大的眼镜片后透出好奇的目光。

"工厂的工人们。"葛莱蒂丝回答道。

"我长大以后就想去工厂当工人。"维妮弗蕾德语出惊人，我们都忍不住坐直了一点儿，侧过头疑惑地看着她。

“真的吗？你想去哪种工厂？”我问道，庆幸着终于不用再谈论葛莱蒂丝的大脑了。

“我好像是第一次听人说这种话。”希娜侧着头，盯着维妮弗蕾德看。我感觉希娜对她的评价变高了一些。

“四年级的时候，我们要选一个将来从事的职业，然后做一张海报。当我说我想当一个工厂的工人时，所有人都在笑我，不过我不在乎。我有一个原则，就是做最真实的自己。”

“亲爱的，这真是太棒了。”希娜说道，“我还觉得这很有思想解放的意味。你一定会成为一个很棒的工人的。”

“我们偏题了。讨论一下如何让我的前脑分心的问题吧。”葛莱蒂丝突然一把推开了她面前焦煳的食物。

“啊哈。”希娜应了一声，她已经放弃了这些食物，在桌上放上了玉米片和牛奶，正在给大家分碗，“你想怎么做呢？”

“问得好。”葛莱蒂丝来了精神，“一个收音机就可以搞定了。我可以用前脑来听收音机，这样后脑就可以处理别的事情了。”

“不行。”希娜拒绝了。

“起码试试看嘛。”葛莱蒂丝不甘心。

“不行就是不行。”希娜说，“我不会让这类东西进我家的门的。”

“你在商店的时候不是也听收音机吗？”葛莱蒂丝反驳道。

“那不一样。”希娜不为所动。

“这是会引起连锁反应的。”老汤姆终于把装着烤焦的土豆的盘子推到了一旁，开始和我们一起吃玉米片了，“收音机也好，抽水马桶也罢，还有电力，都是一样的。用了这些东西，你不知不觉就过上了二手的生活。听着收音机里的人侃侃而谈，你就不会想去面对面地和人聊天。然后你在晚上也不会想和大家一块儿弹着钢琴唱着歌，因为收音机里这些都有。某一天你突然就会发现，要是晚上六点你没有坐下来听收音机，就好像错过了什么东西。别人要是和你说话，你就会说‘安静点儿，我在听收音机呢’。不用多久，你就会想要把收音机里的所有内容都听个遍——新闻、音乐、喜剧节目和脱口秀。你还会觉得其他人也都在听这个。而且，你猜怎么着，其他人真的也在听！大家都在听这个东西，互相都不说话了。人人都变得离群索居，都不和自己的邻居、亲人、朋友或是敌人一起生活了。他们只是住得很近，却不一起生活。他们和收音机一起生活。不过他们也会感到空虚，因为收音机对他们根本没感觉。”

“噢，真是一派胡言。”葛莱蒂丝说道。

“那并不是胡言乱语，就是稍微有点儿夸张……”希娜说。

“不是的。”老汤姆还想说点儿什么。

“但是，”希娜马上打断了他，接着滔滔不绝地说道，“我要跟你们说一个很实际的问题，那就是无线电波。我觉得那东西不可能对你们有好处。现在有些人家里又有电，又有收音机，结果他们一天到晚都要承受各种电波的轰炸，让电波穿过他们孱弱的肉体，在房子里横冲直撞。那些电波说不定还会把他们的脑电波搞得一团糟，影响各种各样的事情……”

“比如说什么事情？”葛莱蒂丝追问道。

“那个嘛，我们还不清楚，不是吗？”老汤姆回答道，“这个技术还不成熟，也许下一代的孩子出生就会有三只眼睛，你喜欢那样吗？生一个三只眼的小孩？”老汤姆说完交叉起双臂，好像他已经给这个话题下了定论一样，他还和希娜隔着桌子互相点头致意了一下。

“好吧，”葛莱蒂丝说道，“反正你们后果自负。我尽力而为，但你们就甭指望我能给你们做出点儿什么好东西来了，因为我的后脑根本没有发挥的空间。”

“在餐桌上不要说‘甭’这个字，”希娜有点儿不高兴地说道，“别在孩子们面前说。”

“你这雇主真不咋地。”葛莱蒂丝回应道，“你们甚至不是友善的人。我就是喜欢说‘甭’。”

“我们都是很好的人，”希娜说，“我们只是不喜欢收音机，还有草率的用词。”

本来今天的天气一直都不错，此时外面却忽然天色一暗，雷声大作，海风呼啸而起涌进房间。老汤姆和希娜连忙起身往外头跑去，他们要把养的那些动物都赶回到畜栏里面。

威尔弗雷德起身说道：“我去看看老汤姆需不需要帮忙。”说完他也跑了出去。当西比提亚看到他们在雨里像疯了一样跑来跑去时，他决定变成一架飞机。他双臂展开，嘴里发出喷喷声，在他们中间踩着泥巴“飞来飞去”。老汤姆赶着泰格和茉莉去马厩，从他身边飞驰而过。希娜则赶着一群奶牛从另一边跑过。我看着这番景象出了神，心里出现了不祥的预感。外面的状况实在是混乱不堪。但我的预感也可能是由于气压下降导致的，低气压总能带来一些或好或坏的气氛。

这时，维妮弗蕾德一跃而起，说道："机会来了，我要去找爸爸的那封信！"

我听见她三步并作两步跑上楼梯，径直去了西比提亚的房间。我开始收拾碗碟，准备把它们放到厨房去，葛莱蒂丝已经在里面洗洗涮涮了。这时我突然感觉到一阵风从餐厅吹过。我被吹得有点儿冷，于是先把碗碟都放了下来。一开始我以为风是从壁炉那里吹过来的，但我马上就意识到这不太可能，因为我们从来就没用过那个壁炉。我检查了一下烟道，它也关得紧紧的。我又想到可能是有人忘记关前门了，但我看向前厅的时候，发现门是关着的。刚才的那种感觉，我回想起来才觉得寒意刺骨，那是一种我从来没感受过的寒冷。当我站在那儿思考它的成因时，餐厅的窗帘突然自动拉上了，而窗户是关着的，外面的风也没有吹进来。再说了，也没有什么风能把两边的窗帘同时拉上。我并没有惊声尖叫。我发现，当脑子处理不了眼前所见时，人连尖叫这种事情都做不到。随后，令人毛骨悚然的事情发生了，我感觉到仿佛有几根冰冷的手指搭在了我的肩上。紧接着，我看见它了——

一个白色的虚影穿过了房间。我突然明白是怎么回事了，这只有一种可能。我冲到门前，下意识地大喊起来："幽灵！幽灵！"

我慌乱不已，以为这个幽灵把我囚禁起来了。我的面前有一个门闩，我一次次地想把插销推到能把门打开的位置，但完全没有用。这个幽灵为什么不让我离开？它要对我做什么？我不停地尖叫着"幽灵！幽灵！"的时候，葛莱蒂丝跑进了前厅。我突然发现，我之所以推不动插销，是因为它已经被推到头了。我抓住门把手，猛地把门甩开，冲到外面。西比提亚还在那里扮演飞机，我跑过他，尖叫着："幽灵！幽灵！幽灵！"

我一路跑到马厩，感觉稍微安心了一点儿。希娜正平静地把谷粒倒进马槽，老汤姆和威尔弗雷德正忙着叉干草，没人注意到我。

"幽——灵！"我加大音量喊道，以为他们都没听见，不然怎么解释他们对这种情况的不动声色？我一点儿也没想起当时希娜大喊"幽浮"时，我们自己的反应。

实际上，希娜听到了，她转身面对我，带着浓浓的怀疑，说道："真的啊，弗兰妮？真是拙劣的模仿，我们就此打住吧。"

"你说什么？"我以为她一定是听错了，或者说还沉浸在访客已经离开的放松感当中。

“我看见了幽浮，然后你就看见了幽灵？”

“你是说，我看见的不是幽灵，而是你看见的那个幽浮吗？”我还有点儿搞不清楚状况。

“不，我是说，你这是在玩‘超过我试试’游戏。我还挺惊讶的。”

这下我明白了，她觉得我是在通过“幽灵”哗众取宠。我突然不那么害怕了，取而代之的是恼怒：“你是说我根本没看见幽灵吗？”

“我只是觉得你这个想法比较原始，幽灵与幽浮相比，出现得更早一些。”希娜边说着边给牛和马的饮水桶里倒水。

“我没瞎说！”我说道。

“汤姆，你怎么看？”希娜问道。

“我看弗兰妮是自以为看到了幽灵，而你自以为看到了幽浮，我觉得你们都神经兮兮的。你们有一个算一个，都不正常，除了威尔弗雷德。”老汤姆亲切地拍了拍威尔弗雷德的肩膀，他们刚把一堆干草从草堆上弄下来。在并肩工作了一天后，老汤姆显然是喜欢上了威尔弗雷德。我突然产生了强烈的忌妒，恨不得把威尔弗雷德推到一堆肥料上面去，看看他还能不能保持住那副冷静的嘴脸。我心中浮现出了这个诱人的想法，当然了，我及时地控制住了自己。

“抄袭者可没人喜欢。”希娜说道。

“噢，还真是不好意思，”我说道，“但既然我们都相信了你说的幽浮，你好歹也应该相信一下幽灵吧。”

“你们才没有相信我呢！”希娜不乐意了，“你们除了拿它开玩笑，就没干别的。”

“说句良心话吧，”我说道，“只有老汤姆拿它开玩笑。”

“是的，但你们其他人明显觉得我疯了。”

我不说话了，她说得基本没错。现在我们想的显然不是这些现象存在与否，而是都存了一肚子气，想借这些现象打败对方。

我们在一片寂静中给牲畜喂食和添水，随后我和希娜冒着倾盆大雨回家了。威尔弗雷德跑去把嘴里仍啧啧不停的西比提亚扯回屋里，老汤姆则去检查屋外的建筑是不是都关好了门窗。回到家里，就听见维妮弗蕾德在楼上小跑的声音。等她走回楼下时，还带着一副看起来就很可疑的无辜表情。

“找到了吗？”我悄悄地问。

“没有，真可恶。”她小声回答道，“你等下能不能去吸引一下西比提亚的注意，让我再溜上去一次？我知道那封信已经不在他的裤子口袋里面了，他下午回来的时候还在的。现在这封信肯定不在他身上，而是藏在他房间的某个地方。我检查了床铺还有所有的抽屉，但他藏得太好了，我需要更多时间。”

我和希娜去厨房帮葛莱蒂丝做家务了，其他人都过来围观，顺便还把身上的水滴在了厨房的地板上。我开始描述我看到的事情。我注意到希娜在听完这个比较完整的版本之后，明显对此上心了一点儿，这让我有些欣喜。看来她终于开始理解，我并没有捏造一个想打败她的幽浮的幽灵了。不过葛莱蒂丝只是耸了耸肩。

“哦，好吧，幽灵。”她说得好像幽灵根本不稀罕一样，“我听到你大喊‘幽灵’了，不过我赶到的时候它肯定已经溜了。摆脱幽灵的办法只有一个，那就是香薰。”

“我听说肉桂有点儿用。”希娜有些不确定地说道。希娜从她多姿多彩的生活中汲取了不少零零碎碎的知识，各方面的都有。现在她认为幽灵是存在的了，于是准备从她的资料库里取些有用的东西出来。

“嗯，”葛莱蒂丝说道，“肉桂也行吧，不过要我说的话，香薰是最管用的。你要是能给我一些鼠尾草和迷迭香，我就做给你看，那样幽灵就再也不会来烦你了。”

“外面下着倾盆大雨呢。”希娜说道，“现在出去只会把地板上弄得到处都是水。”

“你觉得水和幽灵哪个好一些？”葛莱蒂丝问。

希娜转身就要从前门出去采鼠尾草和迷迭香，正好碰到老汤姆进来，他像一条落水狗一样甩着身上的水。

“你要去哪儿？”他问道。

“去采迷迭香和鼠尾草。拿来烧，做香薰，这样可以把幽灵赶走。”

“没事找事。”老汤姆说。

“你要是愿意的话，可以来帮忙。”希娜说道。

“这种事还是算了吧。”说完老汤姆就上楼看书去了。

草药被采回来后，葛莱蒂丝先是把它们烘干（它们被雨淋得湿透了），然后将它们紧紧捆住，接着点燃了它们。除了老汤姆以外，所有人都跟着葛莱蒂丝，跟游行一样，像煞有介事地在餐厅里走来走去。葛莱蒂丝念着一些要么是现编的胡话（我觉得这个可能性更大），要么是辟邪的咒语。那种烟雾还挺好闻的，有点儿像感恩节大餐的味道。

“也许幽灵去别的房间了。”西比提亚说道，“或许我们应该把所有房间都熏一遍。”

“根本就没有这种东西。”威尔弗雷德说，“我要上楼看书去了。”

看看，这老汤姆的小跟班到底是谁啊？我酸酸地腹诽道。

“我也上去了。”西比提亚说，“这太诡异了。”

“不，你不能走。”维妮弗蕾德反对道。

“我就要走。”西比提亚不甘示弱。

“你得留下来。不是吗，弗兰妮？”维妮弗蕾德把问题抛给了我，“我一直听说，香薰仪式需要有小男孩参与，才能发挥作用。”

“愚蠢。”葛莱蒂丝反驳道，“我就没听说过这么傻的事情。”

“哦，你还有脸说我傻！”维妮弗蕾德说道，“西比提亚，在这儿待十分钟，我就给你读一章《年轻人的飞行手册》。”

“读两章。”西比提亚说。

“一章。”维妮弗蕾德说。

“一章半。”

“行吧。我得先去洗个澡。你留下来。”

“我不想一个人待在这儿。”西比提亚说。

“你不是一个人，小傻瓜。弗兰妮、希娜还有葛莱蒂丝不都在这儿吗？”

“我的意思是，我们家的人就只剩我一个在这里了。”

“别失礼。你现在是我们家的代表了。”维妮弗蕾德说，“这是莫大的荣誉。”然后她就飞快地上楼，又去找那封信了。

我们又围着餐桌绕了一圈，但我看出来葛莱蒂丝已经走不动了。

“好了，就这样吧。”希娜说，“要是幽灵真的在的话，也已经被熏得差不多了。我们在周围撒点儿肉桂就结束吧。”

“不行！”我大喊道，想给维妮弗蕾德争取点儿时间。然后我吓了一跳，因为葛莱蒂丝也喊道：“不行！”

“我感受到了共鸣！”她说。

“幽灵的共鸣？”我的手臂上起了一片鸡皮疙瘩。虽然现在这样闹着玩挺开心的，但遇到那个幽灵对我来说确实是最吓人的一次经历了。

“不，是精神上的共鸣，这共鸣来自……”葛莱蒂丝转了一圈，挨个儿打量我们，她瞳孔紧缩，好像精神高度集中，也可能是在与冥冥中的什么东西交流，“来自你！”她突然向希娜一指。希娜小声地惊叫了一声，往后退了一步。

“是的，你现在散发出强大的‘气场’，”葛莱蒂丝点点头，“正适合给你看一看。”

“看什么？”希娜从葛莱蒂丝的手里拿过那些正在燃烧的草药，把它们放到了壁炉里，以防我们不小心把房子点着。

“看你的‘气场’。”葛莱蒂丝说。

“那我要付出什么呢？”希娜带着戏谑的表情看着葛莱蒂丝。

“我很受伤，真的。”葛莱蒂丝说道，拉过一把椅子坐下，“你觉得我会向我亲爱的雇主收取费用吗？”

“嗯，我真觉得你会。”希娜说道，“但要是免费的话，我为什么不试试呢？”

西比提亚和我都拉了一把椅子坐下。这比起香薰而言没那么诡异，但是更刺激一些。

“现在，”葛莱蒂丝说道，“把你的手给我。”

“我非得照做吗？”希娜问道。

“你是不是什么都不懂？”葛莱蒂丝反问道，她已经忘记了自己应该是充满魅力的通灵师，开始展现出那个骄傲自大的真我了。

“嗯，我觉得我还是懂点儿什么的。但这种新型的鬼把戏我是真不懂,你得体谅一下。"希娜毫不示弱。

"手!"葛莱蒂丝厉声说。

于是希娜把手放在了葛莱蒂丝的手上。

现在的气氛可以说是惊心动魄。空气中烟雾缭绕,外面狂风大作,又有惊涛拍岸,房子内部很阴暗(我们没点煤油灯,照明的还是晚餐用的蜡烛),还有我们僵硬的、充满恐惧的面庞,这场景非常有戏剧感。这种环境下,幽灵会很容易出现,我一直没有放松警惕。

"说出你的全名。"葛莱蒂丝用阴森森的语调说道。

"我非得照做吗?"希娜问道。

"名字!"葛莱蒂丝怒声说道。她的身份不停地在一个神秘的通灵师和一个傲慢的女人之间转换,着实让人摸不着头脑。

这也冷不丁吓了希娜一跳,她乖乖地说出了全名托马希娜·玛利亚·怀特克拉夫特。

"托马希娜·玛利亚,我有三件事要告诉你。第一,你有一项天赋,这项天赋便是你不自知的美貌。记好了,这是上天的恩赐——你那光彩照人的美丽,以及你的自知不了。"

"我觉得'自知不了'根本不是个词。"我说道。

"安静。"希娜说道,"我觉得她可能是懂行的。

继续吧。”

“第二，你有很棒的才能，但你自己同样意识不到。”

我发现她没有继续使用“自知不了”这个词，我觉得这轮是我赢了。

希娜开始有点儿飘飘然了，虽然我觉得这不是她的本意。

“第三，幽浮会试图重新联系你，通过收音机。这是最重要的，最重要的……”然后葛莱蒂丝把我们都吓破了胆，她翻着眼皮昏了过去，从椅子上滑下，倒在了地板上。

希娜吓得跳了起来，与此同时，我们听见了维妮弗蕾德冲下楼梯的脚步声，与往常一样，一次下两个台阶。

“我找到了！我找到了！不过这到底是什么意思，你这狡猾的小鬼？”她大喊着，跑进餐厅，高举着什么要让我们都看见。那是一张纸，上面写着四个大字“时机已到”。

✷

秘密

“还给我！”西比提亚站到了椅子上大吼道。为了够到那张纸，他猛地一扑。

这一扑让他的椅子翻倒了，刚好砸在葛莱蒂丝身上，痛得她大叫：“噢！没看见我正因为占卜了强大的‘气场’而昏死过去吗？给我放尊重点儿！”

“别给我装了，赶紧爬起来。”希娜说道，“这么晚了，我们都应该去睡觉了。”

葛莱蒂丝想要爬起来，但是维妮弗蕾德和西比提亚正在她头顶上方打得天昏地暗，我从没看见过这样的场面。两个人毫不留情，各种手段齐出——用指甲抠挖对方、扯对方头发，突然，他们俩都倒下来，直接砸在了葛莱蒂丝身上。她自然是又大喊大叫起来，但奇怪的是，她的喊叫声丝毫没有影响到西比提亚和维妮弗蕾德——他们依然满腔怒火，在葛莱蒂丝的身上继续捶打着对方，声音大到老汤姆都跑下楼来查看了，威尔弗雷德就跟在他后面。他们总算是设法分开了西比提亚和维妮弗蕾德。但他们俩就算都被拉住了，还在不停地攻击对方。这时葛莱蒂丝喊道："我怎么办，没人管我吗？"

"你？你给我上床睡觉去。"希娜疲惫地坐到地上，开始把煤油灯点亮。

"什么？你要我去自己的小棚屋吗？我不要一个人走到外面去，太黑了，而且有幽灵！"葛莱蒂丝提醒了她一下。

"幽灵？我要是你，我肯定不会担心遇到幽灵。"老汤姆说道，"我可能会担心一下遇到美洲狮。不过人与人都是各不相同的嘛。还有，你们两个，你们就不能学学你们的兄弟吗？威尔弗雷德是个好榜样，举止得体。他永远不会——"

可惜威尔弗雷德的举动打断了他。威尔弗雷德刚刚看到父亲寄来的那封写着四个神秘大字"时机已到"的信件，就脱口而出："你还想把这个保密，小混蛋？"然后他马上给西比提亚的头上来了一下。

由于威尔弗雷德一贯沉着冷静，这一下让我们都震惊了。不过西比提亚看起来一点儿都不惊讶，他应该是经常被这样对待。

“哦，老天在上，都滚去睡觉，你们三个！”老汤姆说道，他好像不是很在意威尔弗雷德打了西比提亚的头，而是为他在自己夸他的时候这样做而感到恼火。

“所有人，都去睡觉。”希娜说。

“我不要去外面，那里有幽灵！”葛莱蒂丝喊道。

于是老汤姆好心地拿起一盏煤油灯，点亮，带着她穿过院子，向她的小棚屋走去。我们还能听到他们在风雨中的对吼。

“根本就没有这种东西！”

“有的！”

“没有！”

“有！”

“这儿有美洲狮，有熊，有猫头鹰飞过来啄你的眼珠子。有蝙蝠，还有狼。有这么多东西都值得让你害怕。但是根本没有幽灵！”

“有！”

等老汤姆和葛莱蒂丝走远后，希娜用严肃的眼神看着我们，说：“你们每个人都听好了，都给我去睡觉，不准说话。今晚我可不敢让你们再有任何互动了。今晚这房子里的气氛有问题，哪怕一点儿小冲突都会一发不可收。我们互相之间都不要再交流了。”

我们都呆立在原地看着她，还没消化她说的这一长串信息，她就眯起眼睛，与以往的希娜判若两人，吼道：“快去！”我们一哄而散，像兔子钻洞一样溜回了房间。马登一家的孩子们回到了他们自己的卧室，而我去了穹顶上，准备写一下幽灵的事情。

我感到这件事充满了魔幻和神秘的色彩，下笔如有神。但当我写完拿起来重新读了一遍后，我就发现，和往常一样，缺了些什么。我早该知道不能直接把现实中发生的事写成故事的。于是我试着把美人鱼写进故事里，但也无济于事。我也不傻，我知道把各种东西拼接起来然后听天由命是没有好结果的，这样的故事即使写出来，也不能算作是自己写的。即使如此，我叹了口气，总得试试。于是我又试了一次，依然毫无成效。我开始觉得，赋予故事魔力是不可能的。如果一个故事有魔力，那是因为整个故事本身有魔力，而不是因为其中有魔力的元素，我甚至感觉这和作者根本没有关系。我想将魔力赋予我的故事，但至今都没有成功过，这让我非常沮丧。很多人都能写出差强人意的故事，但只有少数人能写出带有魔力的故事。最后我还是去睡觉了。

我清醒地躺了一会儿，想听听看有没有什么噪声，但唯一听到的就是希娜敲响了我的门。她进来对我说，她有些事要告诉我。听完她说的话后，我整个脑袋都是蒙的。但在这之后，这个夜晚十分宁静。

星期天波澜不惊地到来了，我们的神志基本恢复了正常，最起码大家都为昨天发生的事情深刻反省了。当我们要去吃早饭时，我们发现根本没人准备早饭，葛莱蒂丝也没有出现。希娜担心地去了一趟她的小棚屋，嘴上说着希望葛莱蒂丝别是生病了，不过我能看出来，经历了前几天的夸张事件，希娜觉得在她身上发生任何事都不足为奇了。幽灵，还有幽浮——不管是什么样的不速之客，我们东苏克农场应有尽有。

当希娜回来的时候，她看上去非常困惑。她在厨房的餐桌旁坐下，就坐在我们这些孩子身边，而我们正在想是不是要等别人来准备早饭，还是说我们自己做早饭得了。一开始，希娜一言不发，目光直直地盯着前方，好像在解决什么谜题的样子，然后她转头对我们说："葛莱蒂丝今天不会来做早饭了。"

"哦，天啊。"我说道，"火星人来了？"

"她说她今天放假，这是协会的要求。"

"她莫非加入了厨师协会？"维妮弗蕾德惊讶地问道。

"她是这么说的。"希娜说，"她还控诉这里是'血汗工厂'。我说'血汗工厂'要很多人才能开起来，她却说不是，只要'血汗'就够了。"

老汤姆喂完动物回来，看到没人准备早饭，就开始慢条斯理地为我们准备咖啡和松饼。当听到葛莱蒂丝今天放假时，他看起来挺开心的，说："别在意。我来做我的特制烤鸡。孩子们，这绝对是你们吃过的最好吃的烤鸡。弗兰妮，我看到你已经选好鸡了。"

"是的。"我回应道。

"下蛋不行的鸡？"他问。

"什么都不行的鸡。"我移开了视线。我希望老汤姆最好别知道我选鸡的方法，于是赶紧转换了话题："希娜，你可以为我和维妮弗蕾德做一些纸板娃娃吗？"希娜做纸板娃娃的技术世界一绝，无论是什么表情的娃娃，她都能画得惟妙惟肖。虽然我和维妮弗蕾德已经不是玩纸板娃娃的年纪了，但收藏一些也没什么问题。

“当然可以。”希娜说道。于是我们三个凑在一起，准备设计一大家子趾高气扬的纸板娃娃出来。威尔弗雷德和老汤姆坐在大餐桌的另一头（我们吃早饭的时候就转移到餐厅来了），他们在计划着今天的工作内容。我们都没注意到西比提亚溜了出去，跑进林子里，直到吃午饭时才回来。

“男孩子啊，”午饭后，希娜发现西比提亚又跑出去了，不由得有感而发，“就是需要很多时间和空间来探索和惹麻烦，到他们成为男人为止都是这样。”她画了许多纸板娃娃，有的靠脚踝挂在树上，有的正从悬崖上坠落，不一而足。我们玩得很开心，但要是知道西比提亚现在在做什么的话，可能就不会这么开心了。

总的来说，我们度过了平静的一天，以最美味的烤鸡作为收尾。葛莱蒂丝故意一点儿忙都不帮，既不帮着准备，也不帮忙收拾，不过我们无视了她。我看她还挺失望的。

周一早上，西比提亚又跑到林子里去了。

我和维妮弗蕾德刚开始收集鸡蛋，威尔弗雷德就推着一辆手推车来到了鸡舍。

“我要去弄些堆肥。”他说道，“老汤姆说，因为土豆田和菜园都搞定了，我们接下来要花一个上午的时间快速地给其他园子施点儿肥。我要用手推车把肥料送到每个园子。”

“我喜欢花园。”我们看着威尔弗雷德在鸡舍旁边的肥堆铲肥的时候，维妮弗蕾德转头对我说，“你有最喜欢的花园吗？我最喜欢那座鲜花都长得很高的花园。”

“那是英格兰花园。”我说道，“我也最喜欢那座。那里有蜀葵、风铃草和羽扇豆，也不知道是谁种的，我们觉得应该是老汤姆的姑姑伯莎，但也不能肯定。我小时候整天在那里玩，因为那里就像是仙子生活的地方。希娜最中意的是意大利风格庭园。”

我和维妮弗蕾德拿起铲子，走上前去帮助威尔弗雷德。然后我们三个人推着满满一车肥料穿过干草场。在去英格兰花园的路上，我把农场一角上的意大利风格庭园指给他们看，告诉他们那里有修剪得整整齐齐的黄杨树篱迷宫。在它旁边的是雕像园，那座花园基本不需要打理，里面都是些矮树和雕像。

“意大利风格庭园、雕像园还有草药园都是那些在这里建网球场的人建的。这里原来举办过很多梦幻般的派对。”我说道，“老汤姆不喜欢这些园子，因为里面根本没有花，而且里面的黄杨需要时常修剪。要不是希娜喜欢，他可能早就把这几个园子铲平了。希娜眼中这几个园子的美丽，他欣赏不来。草药园里也有黄杨要修剪，不过那些黄杨都长得很矮，是用来把不同的草药田隔开的。老汤姆觉得那些建网球场的人肯定爱极了黄杨。他倒是不介意花时间修整一下草药园，毕竟那里产出草药，而黄杨也确实起到了一些作用。”

“他说我们今天不用去野花园和异域花园。”在英格兰花园卸下肥料后，威尔弗雷德在回去取新肥料的路上说道。我们的下一站是香水草花园。

“香水草花园是我第二喜欢的。”我边把肥料装进推车里边说道，“那里实在是太浪漫了，而且满园芬芳。那花园是布朗太太建起来的。为了香水草的生长，经常需要掐尖，我每次经过这座花园的时候都会掐一些，因为我害怕下一座被铲平的花园就是它。老汤姆想把菜园扩大一些，这就意味着那些开满鲜花的园子要减少了。他绝对不会对日式花园下手的，他最喜欢那儿了，虽然他总说他很后悔建了那座花园。”

“大家在战争开始以后，都反感和日本相关的东西。”威尔弗雷德还挺有见识的。

“哦，并不是这个原因。”我说道，“老汤姆说照料那座花园太费精神了。但我知道他只是心口不一。那座花园是他的真爱，他总是过度在意那些植物和那些小道，他花钱也主要是花在那座花园上面了。每次他对那座花园做出一些改动，就会发现还有别的东西需要加进去。最开始是一个石灯笼，放在一座跨过小溪的桥的一头。后来他截断小溪，挖了一个睡莲池塘出来。这个睡莲池塘又需要一座爬满紫藤的凉亭来搭配。有了凉亭，他又发现池塘里没有锦鲤用于观赏，于是又开始购买锦鲤，结果被鹭鸟吃了不少——最后他弄了一张网罩在池塘上边，才拦住它们。只要是懂园艺的人来参观，到了日式花园都是赞叹不已。”

之后，我们安静地干了一段时间活儿。最后一车肥料是给日式花园的。我和维妮弗蕾德还停下来细嗅了紫藤花的花香。我之前没在日式花园待过太久，这座花园给人的感觉太过吹毛求疵了，但紫藤花的香味非常美妙。老汤姆想一个人安静一会儿的时候，一般都会在他造的小瀑布边的石凳上坐着。他说再没有什么比听着汩汩的水声更能让自己平静下来了。

我们听到老汤姆在英格兰花园喊我们，于是威尔弗雷德一路小跑，帮老汤姆施肥去了。

我和维妮弗蕾德则回到鸡舍，完成刚才没有做完的事情，收蛋、检蛋、装盒。

“我们难道不用送一些肥料到夜色花园去吗？”当我们把鸡蛋都装好盒，正把它们搬到地窖里冷藏时，维妮弗蕾德问我。

我还没来得及回答，希娜突然来到了检蛋房，说道：“亲爱的弗兰妮，你能帮我把鸡蛋和牛奶都装上卡车吗？我要去一趟布鲁克曼商店。”这种事之前从未发生过。

“我们周六不是已经去过了吗？”我说道。

“是啊，我知道，不过我想去还是可以去的嘛。再说了，西比提亚想让我帮他邮寄一封信。”

“西比提亚在给爸爸妈妈写信？”维妮弗蕾德问道。

希娜把信从口袋里抽出来，说：“不是，看上去他只给你爸爸写了。”

维妮弗蕾德和我对视了一眼。

“怎么了？”希娜有点儿疑惑，“他不能给他的爸爸写信吗？”

“可以，可以。”我和维妮弗蕾德异口同声地说。

希娜深深地、若有所思地看着我们，于是我赶紧说："不管怎么说，希娜，你以前一周最多去一次布鲁克曼商店。你总是说如果去得频繁的话，卖鸡蛋和牛奶赚的钱就基本要花在汽油上了。"

"我知道我说过什么，弗兰妮，即使如此我也要去。"

"我们也能跟去吗？"维妮弗蕾德问道。

"这个，"希娜显然不喜欢这个提议，"你们非要跟去我也拦不住。"

我无法想象希娜不想让我们俩同行的理由，我们是多么有魅力的旅伴啊！于是我们把鸡蛋和牛奶装上卡车，跑回家弄掉身上沾的泥点子，又换上了干净的衬衫。

布鲁克曼商店里，大家都在喝着咖啡。希娜又给了我们一人五分钱，我在想她是不是忘记周六已经给过了，因为以往我一周最多就能拿到五分钱。我和维妮弗蕾德决定买一些糖果，这样最方便平分——我们觉得，价值五分钱的意外之财如果不和威尔弗雷德与西比提亚分享，就有点儿不厚道。我们正在"聪明豆"和"糖宝宝"的货架之间逛着，突然，我注意到希娜的举止很奇怪。她看起来和那些正在聊八卦的女士站的圈子若即若离，她站的那个位置靠近柜台，而柜台上放着收音机。在我的观察下，她的手偷偷摸摸地滑到控制音量的旋钮旁，极其轻微地扭了一下。于是我也不选糖果了，就一直盯着她。几分钟以后，她的手又偷偷地伸过去扭那个旋钮了。她站在一个非常奇怪的位置，她的眼神在迎合那些女士，而且在她们点头或者笑起来的时候，她也会跟着点头、大笑，但从她的表情来看，我觉得她根本没在听她们聊天。

“选泡泡糖怎么样？”维妮弗蕾德大声问我，“就不要‘糖宝宝’了吧？”

“别说话！”希娜更大声地说道，这下所有人都不说话了。

“我……我不是在说你们。”希娜对那些女士说道，但所有人还是用疑惑的眼光看着她。“我也不是在说你。”希娜对维妮弗蕾德说。“也不是你。”最后她对我说。

“亲爱的，那你是在和谁说话呢？”布鲁克曼太太问道。

“我是，嗯，我是在和收音机里的男人说话。他的声音很烦人。”希娜说完脸都红了。

“他是听不到你说话的。”梅茜小姐说道，“我之所以知道，是因为我以前试过和这些聪明有趣的播音员交流。有的时候我感觉很寂寞，一个人待在家里。我觉得那些播音员都是很好的小伙子。不过最后，我发现他们都听不到我说话，不管我多大声。”

“亲爱的，哪个播音员？”布鲁克曼太太问道。

“所有的播音员。”梅茜小姐说。

女士们都无语地翻了个白眼，然后继续聊天说笑。我和维妮弗蕾德买好了糖果。希娜带着我们悄悄溜了出去，回家吃午饭。

午饭过后，我和维妮弗蕾德负责任地把糖果分成了四堆，但结果让我们非常不满。威尔弗雷德并没有因为我们的公平正直而感到惊叹，也没有表现出收到这么一份糖果大礼的喜悦，他只是把自己那份糖果放进口袋，就出门去帮老汤姆干活儿了。

维妮弗蕾德把手盖在西比提亚的那份糖果上，说：“这份糖果可以给你，但是你得告诉我，你和爸爸之间有什么秘密。”

西比提亚说道：“决不。”

于是他一块糖果也没拿到，我和维妮弗蕾德可以多分点儿了，但这显然不是重点。

这让维妮弗蕾德担心起来："如果他认为保守秘密比糖果更重要的话，问题可能就很严重了。威尔弗雷德倒是不担心西比提亚和爸爸之间的小秘密，他只是对此感到有点儿恼火——之前我们都说好了，要互相分享爸爸妈妈的消息和他们的一举一动。但现在，我觉得威尔弗雷德该对目前的状况感到担心了。我们都应该感到担心。"

周二我们度过了平凡的一天。但是周三希娜决定再去一趟布鲁克曼商店。西比提亚一个人跑出去了，威尔弗雷德还是跟着老汤姆，于是又剩下我和维妮弗蕾德相依为伴。之后，当希娜回来，坐在卡车上看信的时候，她说："又有一封给西比提亚的信。"

我和维妮弗蕾德互相使了个眼色，但没有说话。

"我讨厌这样。"一进屋，维妮弗蕾德就小声和我说，"我们得拿到那封信。"

"希娜，"我对希娜说，"不如让我和维妮弗蕾德把这封信交给西比提亚吧。"

"不需要。"希娜说道，"我会在晚饭的时候交给他。"

她把那封信和其他信件一起带进了工作室，直到晚饭时才把信交给在森林里待了一天的西比提亚。我们根本没有机会把信拿到手。

周四，西比提亚又给了希娜一封寄给马登先生的信，希娜则负责任地表示她今天就会去布鲁克曼商店寄信。然后西比提亚又跑到森林里去了。

“这可太糟糕了。”在我们把牛奶和鸡蛋搬上卡车的时候，维妮弗蕾德对我说，“她大可不必在繁忙的日子里抽时间出来做他的专属邮递员。”

“我觉得她去布鲁克曼商店不只是寄信。”我说道，“你也看到了，她一直待在收音机旁边。这处处透着诡异。我觉得她有事没告诉我们。这么神神秘秘不是她的风格，像这样频繁地前往布鲁克曼商店当然也不是她的风格。”

“每个人突然间都变得神神秘秘的，”维妮弗蕾德说，“爸爸、西比提亚还有希娜。你觉得他们是不是都卷进同一件事里面了？”

“有什么事能把你爸爸、西比提亚和希娜搅在一起的？还有，你妈妈在这件事上没有参与吗？老汤姆呢？不对，我觉得威尔弗雷德可能说得没错，那些信件也许没什么大不了的。再说了，西比提亚也就只能画画，对吧？他可能只是把他画的飞机或者其他什么东西寄给你爸爸，来让自己得到重视而已。”

“那封爸爸寄来的，写着‘时机已到’的信呢？”维妮弗蕾德问道。

“谁知道呢！锻炼的时机？学画画的时机？我不知道，我也不担心。”

“现在说这些为时已晚。”维妮弗蕾德说。

家庭会议

周六这天，维妮弗蕾德抓住了一个机会。当时我们刚从布鲁克曼商店回到家，希娜从一堆信里抽出了一封给西比提亚的信，说道："我好像看到西比提亚从森林里回来了。你能跑一趟，把这封信交给他吗？"

维妮弗蕾德一把抓过信，没给希娜改变主意的机会。希娜随后就去整理屋子、读自己的信去了，没发现我们直接跑回了我的房间。维妮弗蕾德在这儿拆开了信。信是维修工鲍勃寄来的，与第一封信一样，用大字写着"保守秘密，继续侦察"。

"哦，天哪！哦，天哪！威尔弗雷德现在也必须重视这件事了。"维妮弗蕾德说，"我们得把这封信给他看，然后组成对抗西比提亚的联合战线。我觉得这事不太妙。这肯定和妈妈去科莫克斯空军基地的原因有关。或许这次，爸爸是真想做什么蠢事！”

“但你爸爸可能会做什么蠢事呢？而且为什么他会告诉西比提亚？”我问道。

“我不知道。”维妮弗蕾德忧心忡忡地说道，“但我们会知道的，相信我。”

在吃午饭前，维妮弗蕾德把威尔弗雷德拉到一边，给他看了信。他们决定和西比提亚开个会，让一切水落石出。我很高兴他们没有把我排除在外，毕竟，这看起来更像是他们的家务事。

午餐时谁都没有说话，这大概是因为葛莱蒂丝把酒浸樱桃加进了金枪鱼沙拉里面，我们所有人，包括葛莱蒂丝本人，都专注于用舌头把它们挑出来，然后趁没人看到偷偷吐到纸巾里。“不要浪费食物，欧洲的孩子们还在挨饿！”的理念已经深植在我们的大脑中，不仅到处都有这样的海报，大人们还时不时就说上一遍。当然了，我们在吃糖果的时候他们从来不说，他们只有在我们吃一些像菠菜一样不太好吃的食物时才念叨。虽然大家都觉得在欧洲挨饿的孩子们很可怜，但我们还是把这些酒浸樱桃浪费掉了。我们其实根本没必要装模作样。西比提亚是个例外，他每吃到一颗樱桃都会说“好吃，好吃，好吃”，我担心他这样会助长葛莱蒂丝在厨艺上继续自由发挥的行为。也有可能是我们各有心思，所以无暇说话。我也搞不清楚。午餐也没有甜点。看来这道“樱桃金枪鱼”是一道同时包含了沙拉、三明治和甜点的神奇菜肴。

午餐之后，我们告诉西比提亚要召开一次家庭会议，此外什么都没有说。于是大家一起往海滩走去。

我们到的时候正值涨潮，于是我们坐在几块大石头上，静静地盯着海面，心里盘算着怎么开口来讨论“信件”这个有点儿棘手的话题。

“好吧，现在，我宣布会议正式开始。”维妮弗蕾德终于开口了，“西比提亚，你应该知道我们为什么开这个会。”

“不。”西比提亚说道。

“不？你不知道为什么？”维妮弗蕾德问。

“‘不’的意思是，我不会告诉你的。”西比提亚说，“你不就是想知道爸爸写的‘时机已到’是什么意思吗？我不会说的，我保证过不告诉任何人。”

“实际上，”维妮弗蕾德从口袋里拿出那封没有给他的信，晃了晃，“我们拿到了他寄给你的最新信件，上面写着‘保守秘密，继续侦察’。我们想知道这是什么意思。”

“那是我的信！”西比提亚喊道，跳起来想夺过信件。

但维妮弗蕾德比他敏捷多了。接着威尔弗雷德也跳了起来，抓住西比提亚，一屁股把他坐在身下。维妮弗蕾德好整以暇地把信放回了自己的口袋。

“爸爸让你保守秘密的意思，肯定不是对我们也保密。”威尔弗雷德喘着粗气，费劲地把西比提亚压住，“爸爸为什么只给你写信，不给我们写？”

“因为我给他写信了。”西比提亚说，“而且我知道的事情比你多。”

“你知道的不比谁多。”维妮弗蕾德说。

“我知道的也比你多。”西比提亚说。

“哦，是吗？那爸爸说的时机是什么的时机？”维妮弗蕾德说，“我来告诉你吧，他觉得这是你把一切向我们坦白的时机。”

“你什么都不知道。”西比提亚说。

“你说得没错，”维妮弗蕾德说，“所以你得告诉我们。记住，我们很久以前可是互相保证过，三个人之间要共享所有关于爸爸和妈妈的信息。我们这些孩子组成一个联合战线可是非常重要的。”

“我承诺过爸爸不说出去的，现在我要坚守我的诺言。”西比提亚说道，“他最后一次回家的时候，告诉了我一些事情，但没有对你们说。他说这是我们之间的小秘密。”

“你这个叛徒！”维妮弗蕾德说道，“正因为是秘密，才更应该分享给我们。”

“西比提亚，”威尔弗雷德说道，“分享才是关键。”

“没错，”维妮弗蕾德附和道，“我和弗兰妮难道没有把糖果分给你吗？我们本来可以对你保密的。”

“不，你没分给我。你说除非我把秘密告诉你，否则就不给我。”西比提亚已经怒不可遏了。

“说得没错。”维妮弗蕾德说道，“不给你糖果是因为你拒绝分享。你得学会分享，西比提亚。不懂得分享就是自私。要是你不把这个秘密分享给我们，我和威尔弗雷德就再也不会给你分享任何东西了，不管是糖果、秘密还是其他东西，什么都不会了。有一天，你会被幽灵和丑妖精抓走。”

“我不是不分享！”西比提亚喊道，“我只是不分享不该分享的东西。我确实会分享的，我分享过各种各样的东西。”

“不，你根本没有，你这个小滑头。”维妮弗蕾德说，“你每天跑进森林里，一待就是一整天，也不告诉我们你在干什么。你收到爸爸的信，他肯定是想让你分享给我们的，但你也没有。”

“你们也没问我在森林里干什么了啊。”西比提亚看上去快疯了，大喊着，“还有，我才不想被幽灵和丑妖精抓走呢。”

“你不想也没用。”维妮弗蕾德说。

“你会被抓走的。”威尔弗雷德表情冷漠地说。

“被拉着头发抓走。”维妮弗蕾德补充道。

我觉得被幽灵和丑妖精抓走这部分有点儿夸张了，不过管它呢，这又不是我的家务事。而且为了让西比提亚开口，这显然是行之有效的方法。

“你甚至不只会被幽灵和丑妖精抓走，还会被关到一个专门为你这样的小孩准备的地方，就是关那些和兄弟姐妹间有秘密的小孩的地方。”维妮弗蕾德说，“那地方有些闻所未闻的恐怖生物。我只能告诉你，西比提亚·马登，与那些生物相比，幽灵和丑妖精看上去都可爱得让你忍不住抱上去。”

“好了，好了，维妮弗蕾德，我们还是要讲道理的。”威尔弗雷德把手放在她的小臂上，让她保持冷静，然后看向西比提亚，“我们给他个机会吧。西比提亚，你整天都在森林里干什么呢？”

“我去找隐士玩了。”西比提亚说。

“不可能。”我情不自禁地说道，“我们可没法相信隐士只是抓到你在偷看就和你交朋友。隐士根本不想和别人打交道，这就是他被称为‘隐士’的原因。”

“然也。”威尔弗雷德说道。

我不知道“然也”是什么意思，不过我记了下来，准备以后再查。威尔弗雷德，加一分！

“他想和我打交道啊，”西比提亚说道，“他喜欢我。他还带我去看了美人鱼救他上岸的地方。”

“哦，听听，”维妮弗蕾德说道，“美人鱼！”

“就是美人鱼救的，就是她。”

“骗子。”维妮弗蕾德说。

“我没骗人，”西比提亚说，“隐士就是这么告诉我的，他还给我看了她身上掉下来的鳞片。那些鳞片是金子做的，他都装在一个特殊的盒子里。”

“哦，你这个大骗子！”维妮弗蕾德说，“不仅不告诉我们实情，还编了这么些瞎话糊弄我们。”

“我没说谎！他就是这么说的！”西比提亚虽然被威尔弗雷德压得放弃了挣扎，但还没放弃怒吼。

“那好吧，我们去问问他。”威尔弗雷德说道。

“他不会告诉你们的，他不喜欢和人打交道。”西比提亚说，“这是他自己说的。不过他喜欢我，因为我是特别的。”

“你才不特别。”维妮弗蕾德说，“这种事我听都没听说过。”

“就算这是真的，”威尔弗雷德说，“你也得离他远点儿，他很疯癫。妈妈可不会想让你整天去找一个疯癫的人玩，特别是你独自一人去。”

“哦，他不会害人的。”我说道，“真的，要不然老汤姆也不会让他住在那里了。”

“那爸爸的事情怎么说？”维妮弗蕾德对西比提亚尖声问道。

“我绝对不会告诉你的，你也不能把我怎么样！”西比提亚吼了回去。

安静了一段时间，我们都静坐着，不知道接下来该怎么办。

西比提亚先开口了，这次他的声音很冷静：“好吧，或许我应该告诉你们。要是你从我身上起来，让我看看我的信，我就告诉你们这些话是什么意思。”

威尔弗雷德朝维妮弗蕾德看过去，她耸了耸肩，从口袋里拿出了给西比提亚的信。

“你保证？”她问道。

西比提亚俯卧着，艰难但严肃地点了点头，于是威尔弗雷德放开了他。但还没等我们反应过来，西比提亚就跳了起来，从维妮弗蕾德的手上一把抢过信，飞也似的跑向了森林。

“骗子，骗子，火烧裤子！我们再也不会相信你了，西比提亚！你现在高兴了！”维妮弗蕾德尖叫道。

当我们也都跳起来，准备去追西比提亚的时候，老汤姆过来了，他叫住了威尔弗雷德，说是时候去花园干活儿了，于是我们失去了追上西比提亚的机会。

“我得走了。”威尔弗雷德说道，然后他就真走了。

“美人鱼、幽浮、幽灵，”维妮弗蕾德说道，“真是的！”

“对啊，真是的！以前哪里听过这种瞎话？”我说道，然后默默地加了一句，“除了幽灵。”

“我们去问问你妈妈信件的事情。”维妮弗蕾德说，“可能，仅仅是有可能，西比提亚对她说了些什么呢。”

于是我们一起去了工作室。希娜正围着一个美人鱼黏土雕塑的半成品绕圈，活像一个拳击手正在寻找对手的破绽。我们一进来看向她，她就说道：“哦，可恶！我觉得我就快有灵感了，现在全没了。”

“哦，希娜，真对不起。”我说道。

“我们这就走，怀特克拉夫特太太。”维妮弗蕾德说，“我们马上离开，好让你的灵感回来。”

“灵感，呵。”希娜一把将黏土雕塑推倒在地上，“没关系的，我永远不会有什么灵感的，之前只是和你们开个玩笑。你们有什么事吗？”

“西比提亚告诉过你任何关于他和他爸爸通信的事情吗？”我问道。

“没有。”希娜有点儿惊讶，“他为什么要告诉我？”

“好了，那没事了。我们就是问问。”维妮弗蕾德说。

“不得不说，就一个这么小年纪的孩子来说，他画的画真不错。”希娜有点儿心烦意乱地说道。她扶起倒在地上的黏土块，把它放回到底座上，重新开工。一眨眼，她就专注得好像忘记我们还在这儿了，于是我们就溜走了。

“画得不错！”维妮弗蕾德勃然大怒，“我在那个年纪，画得可比西比提亚强多了。”

“别在意。”我说道，“成年人在谈起小孩的时候总喜欢夸大其词。希娜总说我美得令人震惊，但就算是我自己，在最喜欢幻想的年纪，也知道那是胡说八道。”

维妮弗蕾德点了点头，但我看得出来她的心思早就在别处了。

✦✦✦

今天没再发生什么事情，我们也受够了彼此，早早地回到了自己的房间里。有房客是一回事，要是他们把自己的家务事也带进来，那就是另一回事了。有趣是挺有趣的，但是也很累人。

我去了穹顶上，因为在聚精会神地观看了维妮弗蕾德和威尔弗雷德审问西比提亚的过程后，我对我的美人鱼故事产生了新的想法。我能感觉到它在鼓动，像一个充满能量的小球在我的胸口跳动，我已经等不及要用打字机了，我的手指也一样渴望着它。也许是西比提亚提到的隐士和美人鱼点亮了我灵感的火花。在我还没听说救了隐士的美人鱼，而且我和希娜都不知道彼此正在做的事情的时候，希娜就已经在做美人鱼的雕塑了，而我也在写美人鱼的故事，似乎美人鱼无处不在。有些东西好像就在空气中，而大家不约而同地捕捉到了它们。有一年，所有新出版的书都是与龙有关的，而作者们之间根本没有交流。同样，还有一年，大家突然都种起了蜀葵。它们现在还长在人们的家门口。但如果你要问人们为什么种蜀葵，他们会告诉你，他们自己也不知道，他们就是突然有了这个打算。希娜经常说，不管你喜欢与否，我们都喝着同一个池塘里的水。

最后，写了两页，我也去睡觉了。

我相信大家都希望能睡个好觉，但这个希望落空了，因为午夜时分，我们突然都被一声喊叫惊醒了。这不是一般的喊叫，这是老汤姆的叫声，而老汤姆可不是随便就会大喊大叫的人。我跳下床，跑到窗边，想看看为什么会出现这样的骚动。

天上挂着一轮满月，而夜色花园在月光下发出耀眼的光辉。夜色花园里只种了能反射月光的白色花朵。其中的月光花在黄昏时开放，在黎明时合上，花朵有着喇叭的形状，绽放时耀眼夺目，就像整座花园里挂满了一串串的灯笼。花园里还有白色的绣球花、白色的洋地黄，以及夜来香之类的只在夜晚释放出香气的花朵。如果风向正好，而我也醒着，打开窗户就能感受到夜来香的芬芳夹杂着大海的气息飘进我的房间。夜色花园里还坐落着几尊古老的大理石园林雕塑，雕的是小天使、狮鹫和凤凰。花园里到处都装有闪亮的雪花石膏制成的小鸟浴盆，以及装饰着星月的太阳能旋转风铃——在白天吸收了一天的阳光后，最上面的玻璃灯球会整夜闪亮，风铃的铜臂则会随着夜晚的微风旋转。我一直想在满月的夜晚醒来，亲眼见证夜色花园的辉煌，但我一直做不到。我睡得太沉了。但今晚不同。

借着月光，我能看见老汤姆正站在夜色花园的栅栏外边，挥舞着双手呼喊着。花园里面有两个弯着腰的身影。当他们直起身来，我发现那是隐士和西比提亚。我打开窗户，听到了老汤姆的喊声："把那个男孩弄出来。你到底在想些什么？他随时有可能许愿，他许什么愿望都不奇怪。我的天，谁知道一个小男孩会许什么危险的愿望！"

隐士什么也没说，拎起西比提亚就把他从栅栏上方扔了出来，就像把杂草扔到肥料堆上一样随意，然后他就像无事发生一样回去继续给花园除草了。他看起来就像是被花园下了咒一样。

"别让我再——你在听我说话吗？——发现你进那个地方！"老汤姆对西比提亚吼道。

可怜的西比提亚被吼哭了，跑回了房子里。我听到老汤姆的喃喃自语："很好。嗯，很好。这样做是非常有必要的。"

紧接着，维妮弗蕾德和威尔弗雷德（他们原本只是在自己的房间看着这一切)突然就进入了我的房间，随后我们听到了哭泣的西比提亚上楼的声音。威尔弗雷德跑出去，抓住他，把他拖进了我的房间。然后，尽管我有很多顾虑，但还是不得不告诉他们实情。毕竟，我觉得，在经历过幽浮、幽灵和美人鱼之后，他们应该也能接受这个。

✷

夜色花园

“搞什么？”维妮弗蕾德在我的床上坐下，“西比提亚，你进夜色花园干什么？”

“我想去找隐士。”西比提亚说道，“他告诉我今夜是月圆之夜，他整晚都会在那儿除草。我想去帮他，就像威尔弗雷德帮老汤姆那样。”

“哦，拜托。”维妮弗蕾德说，“听着，西比提亚，老汤姆告诉过你，只有那个地方不能去，你就非得进到花园里吗？”

“我觉得既然隐士都能进去，那肯定没什么大不了的。”西比提亚哽咽着说。

“嗯，并非如此。”我说道。

“我不知道老汤姆会这么生气，还吼了起来。”西比提亚说，“我以为大家都已经睡着了。”

“他为什么那么生气呢？”威尔弗雷德看向我，小声地问道。

老汤姆还没有上楼。不过等他上来了，我们可不想让他知道我们聚在一起讨论他。

“老汤姆之所以这么生气，”我开始讲述，“是因为很久以前，夜色花园就像魔法一样出现在那儿了，久到没有任何人确切地知道它究竟有多久的历史。老汤姆说，可能天地初生的时候它就在那儿了。”

“什么？你是说它是史前人类建造的吗？”西比提亚问道。

“不，比那还要早。根据家族传说，只要你在夜色花园里许下一个愿望，那个愿望就会成真。但是每人只能许一个愿望，这个愿望也无法被撤销。”

“老汤姆会信这个？许愿什么的？”威尔弗雷德满面狐疑地问道。

“他对此深信不疑。”我说道，“他让隐士帮他打理花园，就是因为他还没有用掉他自己的那个愿望。他说他一直在等待一个契机，来许下一个足以改变人生的愿望。这个契机还未到来，但一旦到来，他就能感觉到。他害怕自己进了花园后不小心想着‘嗯，我希望午饭能有汤喝’或者类似的事情，那样就全完了。他还告诉我，以前有人许过看似无害的愿望，结果却很糟糕，把许愿的人以及很多无关人士都害了。他觉得绝对不能放小孩进去许愿，因为他们有可能会害了自己或者其他人，甚至整个世界。当愿望可以轻易实现，而且不能被撤销的时候，谁知道会发生什么呢？不过希娜说这和她没什么关系。她既不信其有，也不信其无，她只是完全不想和夜色花园扯上关系。我们也都一直尽量不和它扯上关系。你们以后谁也别提这事了。不过，听着，几天前希娜跟我说了一个关于夜色花园的故事，那是老汤姆的姑姑伯莎告诉他们的——一个老汤姆不想让我听的故事。”

“‘那更像是个老妇人编的故事。’老汤姆这样对希娜说，‘拿它来吓小孩有什么意义呢？’

“‘即使如此，弗兰妮，’希娜对我说，‘我还是必须告诉你，因为伯莎也看见过幽灵。她好像还知道那是谁的幽灵。’”

随后我开始复述希娜对我说的故事。

“伯莎弥留之际，终于告诉我和老汤姆这个幽灵的事情了。事情的起因要说到玛利亚·梅，她和父母一起住在东苏克农场。她的墓碑就在苏克墓园里，上面的日期是‘1798—1822 年’。她是本地知名的美人，但她没有好的姻缘。她家里没什么钱，在农场艰苦度日。后来她与霍金斯船长坠入爱河，那是一位商船上的海员，有着古老的英格兰贵族血统。他的第一任妻子在生产的时候去世了，于是他决定，除非他的对象证明自己能成功地怀孕生子，不然他就再也不娶妻了。结果玛利亚·梅就在没有结婚的情况下怀上了船长的孩子。在她生下孩子之前，霍金斯船长的父亲去世，然后船长就回英国去继承遗产了。船长还给玛利亚·梅留下一封信，说有朝一日会回来找她。玛利亚·梅告诉了父母这些情况，恳求她的父亲让她在夜色花园许愿，让自己与霍金斯船长幸福地生活在一起。但她的父亲却禁止她许下任何愿望，他觉得会把自己弄到现在这般境地的人，想不出什么好愿望。父亲让玛利亚·梅再等等，他来为她想个更有用的愿望，她的幸福从此就由他来守护。父亲认定了船长决不会再回来，他便许愿让船长死去。当霍金斯船长去世的消息传到他们耳中时，玛利亚·梅试着许下自己的愿望来撤销父亲的愿望。之后她还试着给船长写信，希望自己的愿望已经实现，能收到他的回信，却只收到了船长亲属的信件，说他已经去世了。当玛利亚·梅把信件的事和她最后的希望告诉母亲时，母亲告诉她，不能用一个愿望去撤销另一个愿望。这就是夜色花园导致的悲惨结局。第二天早上，人们在比奇海滩的悬崖下，发现了失去生命的玛利亚·梅被海浪冲上了岸。

“她的父亲说她显然是疯了，而且拒绝承认是自己剥夺了她所有的希望，还想掌控她的幸福。他说，从此以后他就当没这个女儿，要把她的名字从家谱中抹去，而且不让她母亲把她葬在农场里。她的母亲非常自责没有帮到女儿。母亲在苏克墓园立了一块石碑，但她亲手下葬的棺材却是空的——一天晚上，她给丈夫喂下一片安眠药，然后在乳品厂女工的帮助下，将玛利亚·梅下葬在了夜色花园里。在之后无数个无眠的夜晚，她就透过卧室的窗户眺望着女儿的坟墓。

“但这样并不能起到安慰的效果，玛利亚·梅的母亲开始整晚整晚地坐在夜色花园里。她想，每个人都有许愿的权利，但没人拥有决定他人幸福的权利。

“农场的工人们已经习惯看到长椅上那个凝望着夜空的孤独身影。一天早上，太阳出来后，他们发现她还在那儿。她许下了自己的愿望，去陪伴玛利亚·梅了。

“‘弗兰妮，我和你说这些，’希娜对我说，‘是因为我不想藏着话不说出来，就像对航天研究所来的人那样。当你告诉我你看到幽灵的时候，我假装不相信你，因为我不想相信。但那是懦弱的表现。如果伯莎看见过幽灵，也许你也真的看见过。'”

我当时的想法是，不管伯莎有没有看见过幽灵，我反正是看见了。不过这不是置气的时候。

“'那这个幽灵是玛利亚·梅的，还是她母亲的呢？'我问希娜。

“'嗯，人们说幽灵是那些死了也放不下心的人，所以我个人认为，那是她的母亲。她就像我一样，后悔没有说出自己所知道的全部。当然了，对我来说真相只不过是一个幽浮，不是多大的事情。但这些未竟之事一直在那里，等着被人发现。'

“'就在以太[①]中。'我说道。

“'没错。不管你喜欢与否，我们都喝着同一个池塘里的水。弗兰妮，我并不是说这些事情就是真的，我只是把可能性都罗列出来。'

“'她的墓碑还在。'

“'没错。'

“'当然了，还有……'我说道。

① “以太”是古希腊哲学家亚里士多德设想出的一种无处不在的、看不见也摸不着的物质。

“‘那个幽灵。’希娜补上了一句。”

维妮弗蕾德快被这个故事吓晕过去了，她半瘫倒在我床上，好像腿已经软得站不起来了。我一开始以为她是被故事里的幽灵吓得，但她小声地说：“人们会因为爱上别人而活在不幸中，不是吗？人们会为了所爱的人去做任何事，那些不假思索的事情！人们会为爱赴死。”

威尔弗雷德站着没动，然后推了推眼镜，问道：“那么，隐士又是怎么回事？”

“好吧，他刚到这儿的时候，夜色花园已经年久失修，杂草丛生，还有些小松子被风吹进去了——夜色花园正处在被一些小黄松摧毁的危险下。老汤姆没有说出夜色花园的秘密，但是他请隐士去帮忙除草时，肯定说明了其中的危险。”

“那隐士许过愿了吗？”维妮弗蕾德问道，“即使是不小心许愿？”

“我不知道。”我答道。

“你最好别再进那座花园了。”维妮弗蕾德对西比提亚说道。

“好吧。”西比提亚说，“但我在走之前要进去许个愿。我现在能想到的愿望就有很多。”

“你会许什么愿望呢，威尔弗雷德？”我突然很好奇，于是问道。威尔弗雷德的个性很难让人猜透。

“一匹马，不，一辆摩托车。”威尔弗雷德说。

“我会许愿来一打，不，三百六十五条连衣裙。一年之中，每天换一条。”维妮弗蕾德开始和威尔弗雷德讨论起来。

“你没地方放那些裙子。”威尔弗雷德很现实地说道。

“裙子，真是愚蠢的愿望。”西比提亚说，“你很快就长大了，就穿不下了。”

“你许你的愿，我许我自己的。”维妮弗蕾德一本正经地说道，“总之，这都是假设而已。整件事听起来很荒唐，我一丁点儿都不相信。不过，既然老汤姆说我们不能许愿，那我们就不应该许愿。这是他的领地，他的花园，要守他的规矩。西比提亚，你可记好了。”

“哦，规矩。”西比提亚嗤之以鼻。

这时我们听到后门砰的一声关上了，于是马登家的孩子们在老汤姆上楼前赶紧跑上去睡觉，生怕老汤姆在走廊上抓到他们又吼一顿。不过我可以向他们保证，不算今晚，他真的从没吼过人。

我回到了穹顶上，因为这时我又变得非常清醒。睡前我的美人鱼故事写得很顺利，但现在我又一筹莫展了。正当我坐在那儿咬着笔头时，我看见日式花园里有一个模糊的白影飘过。那个白影的大小和形状都和我在餐厅看到的不同。这不是明摆着吗？我这么想着，玛利亚·梅在花园出没，而她的母亲则在房子里徘徊。所有这些发生的事情充斥着我的脑海，好像它们之间是有关系的。我漫不经心地向那个白影挥了挥手，然后开始写作。这次我要试着写一写幽灵，不过这次也不太顺利。最后，我还是去睡觉了。

第二天早晨，我们吃着老汤姆做的早餐，因为今天是周日，葛莱蒂丝又开始休协会规定的假了。餐厅里有种严肃而乏味的气氛，我都不知道还能有这种气氛。这和那种空气中仿佛孕育着什么的气氛不一样，虽然两者同样安静。看来这些气氛都是家里来客人时必定带来的副作用。在这种气氛中，我可以明显感觉到老汤姆想假装昨夜无事发生。希娜在昨夜的混乱中一直熟睡，而我们这些孩子可不会告诉她发生了什么。每个人都显得有点儿拘谨。不过到了晚上，我们又享用了一只没有烤焦的美味烤鸡，大家的心情都舒畅了一些，饭后在钢琴旁边兴奋地唱起了歌。葛莱蒂丝加入了我们，而且一次都没用她的比博普唱法。在我们看来，这是迄今为止发生过的最大的奇迹。

到了周一，老汤姆和威尔弗雷德去给菜园除草，我和维妮弗蕾德去处理鸡蛋，西比提亚则又消失在森林里了。希娜走进鸡舍对我们说："女孩们，我要去布鲁克曼商店了，能帮我装一下车吗？"

"又去？"我差点儿大喊出来。

"是的。"希娜看起来有点儿心虚，"我，嗯，又有一封西比提亚的信要寄。"

我和维妮弗蕾德看向彼此，翻了个白眼，不过我们确实也拿这件事没什么办法。

之后一周都是这样：西比提亚去森林里，老汤姆和威尔弗雷德整日在一起工作。当我路过他们身边时，我听到了这样的对话：

"豆荚。"

"剪线。"

"装满胡萝卜。"

“埋番茄苗。”

“防治蚜虫。”

“香水草？”

“嗯。”

“豌豆？”

“太早了。”

随后他们就开始嘟嘟囔囔，好像他们用嘟囔声发展出了一套莫尔斯电码。而且老汤姆只要经过威尔弗雷德身边，就会轻轻地拍一下他的肩。我为老汤姆感到高兴，但与以往一样，也有点儿忌妒威尔弗雷德。不管怎么说，如果老汤姆这些年真的很需要帮忙的话，他本可以找我的。我对没有察觉到他需要帮助而有些负罪感。我倒不是想在园子里挥洒汗水——我知道那都是很繁重的劳动，但是，人都喜欢被需要的感觉。

葛莱蒂丝继续做着糟糕的饭菜。

维妮弗蕾德、希娜和我在布鲁克曼商店待了几个上午。

周三，西比提亚收到了一封信，希娜在周四把他的回信寄了出去。西比提亚告诉希娜我们想拿他的信，我确信希娜大吃了一惊，但她只对我说了一句：“真是的，弗兰妮，我没想到你会这样。”她没和维妮弗蕾德说什么，以免表现得太粗鲁。

“别担心，”维妮弗蕾德之后对我低声吼道，“我会去找到那些信的。”

但她找了又找，就是找不到。西比提亚肯定选了个更好的地方来藏信。

到了周六，希娜宣布我们又要去布鲁克曼商店了。

这天早上的商店很安静，店里除了我们，就只有霍恩比太太和梅茜小姐。布鲁克曼太太在后面的库房整理货物。我观察到，希娜把收音机的声音调大以后，开始喃喃自语。我发现她在重复一些播音员说的话，变得越来越激动。梅茜小姐和霍恩比太太呷着咖啡，和希娜一起听着收音机。希娜看上去完全忘了我们还在，说着：“好吧，要是这里面有什么要传达给我的信息，我也没听出来。我完全搞不懂。”

“希娜！”我终于明白了，“你是觉得幽浮会通过收音机联系你吧，就像葛莱蒂丝说的那样！你觉得他们在用密码说话，而你正试着破译！”

希娜一下子站起来，没有那种被识破后见了鬼的表情，反而严肃地说：“胡说。”

“你就是。”我说道，“这就是我们最近经常过来的原因。”

“好吧，我真的搞不懂。”希娜崩溃了，哀号起来，“我根本什么信息都没收到！要么就是他们给我发送了信息，但我太蠢了，完全理解不了。他们为什么要把宇宙飞船停在我窗前？为什么是我？他们想告诉我什么？”

“什么宇宙飞船？”霍恩比太太问道，我们这才突然意识到，她和梅茜小姐就在旁边喝着咖啡听我们说话呢。

霍恩比太太是那种典型的英国女人，那种从英国搬来维多利亚也不忘带她的茶具，说话发音非常短促的类型。这样的人挺多的。要是你在不知道的情况下在市中心逛逛，你会以为自己身处于伦敦，而不是加拿大的一个省会城市。不过霍恩比太太比大多数人都要好，她起码挺亲切的。她体形比较方，有个方下巴，一头短发，穿着符合身份的衣服，看起来就与流言蜚语绝缘。你要是突然需要一条紧急止血带，或者想知道槌球的正式规则，肯定会第一个想到去找她。你会觉得，她能在紧急情况下冷静地给出建议或者提供医疗救助。她是那种你看到以后，绝对联想不到她要和火星人一起冒险这种事的人。我相信希娜的脑海里也浮现出了这些信息，她正抬起眼迎向霍恩比太太那充满善意的疑惑目光。接下来希娜让我吃了一惊。她很快振作起来，在关键时刻鼓起了勇气，这是她在面对航天研究所的人时没有做到的（也许在那天，她还是收获了一些东西的）。希娜大胆地说出了那个关于幽浮的故事。

我必须承认，我自己确实有些胆怯，只能躲在希娜身后，时不时往外瞄一眼。我害怕看到霍恩比太太露出厌恶的表情，害怕她以为希娜——她一直以来都是我们这里的正派人——虽然没有像梅茜小姐一样缺根筋，却是个十足疯狂的人。幸好，我大错特错了。霍恩比太太没有露出厌恶的表情，反而露出了困惑的表情，就好像她正在根据现有的信息来解决某个问题一样。

"我从没对任何人说起过这个，"霍恩比太太平静地说道，然后她将一只手搭在了希娜的小臂上。这让我们感到惊讶，因为这不像是她会做的事——要说英国人有什么特点的话，他们在社交中通常都会保持适当的距离，"但在我身上也发生过类似的事情。大概十年之前，我开车带着我孙女，走在从她参加女童子军活动的地方回家的路上，我们正要驶上伦巴第路——你知道那条路旁栽满了白杨的林荫道吗？”

我们都赶紧点头，不想破坏现在的气氛。

“突然，前方的道路涌现出潮水般的光芒。我抬起头，看见在道路上空不到六米的地方，盘旋着一艘巨大的宇宙飞船。它的外形是个完美的圆盘，沐浴在光辉之中。”

“蓝色的光？”希娜突然问道。

“我不记得是不是蓝色了，可能是吧。我只记得它发出光芒，在那儿盘旋。它就像电影里演的一样，是碟形的。我当时就决定不能把这件事告诉别人，连我自己都不相信！要是我在英国的家人知道了会说什么？‘伊丽莎白·霍恩比看到了飞碟！’我把车停下了。我当时非常害怕，嗯，我不记得是否还有些什么别的感受，我想我被迷住了，就像着了魔一样。我从未遇见过这样的情况，整个世界就像是回到了我童年时候的样子，那时我还相信山谷中住着小仙子之类的。那东西是来干什么的？它为什么来不列颠哥伦比亚省？我没把它指给我孙女看。她坐在后座上，好像没有注意到这些。我说：‘奶奶要下车检查一下轮胎。’我没想要提醒她，谁知道里面的那些外星人或者别的什么东西是不是友善的！我下车后就一直盯着它。我也不知道还能干什么，然后一眨眼它就飞走了。我这辈子都没见过飞得那么快的东西。”

“是了！”希娜说道，“是了！”

“你给加拿大航天研究所打电话了吗？”我问道。

“没有。我说过了，我不会告诉任何人的。也没有任何人向我提及自己看到了类似的东西。这么些年，我一直把它保存在这里。”霍恩比太太指了指自己的脑袋，然后又指了下心脏，最后又指向了脑袋。看起来她自己也不太清楚这段记忆到底保存在哪儿。

好吧，我们现在站在一起，就像是灾难面前抱团的人们，虽然不知道该说什么，但总感觉我们联结在了一起。

这时梅茜小姐说话了：“你们知道吗，我以前是女童子军的领队，现在也是。”

我们无言地看着她。梅茜小姐就是要在这种时候不看气氛地发言。

“我得带着女孩们去远足和露营。”梅茜小姐就像刚才根本没听到那个奇妙的故事一样，滔滔不绝，“你介意我带她们去你的土地上吗，希娜？你看，你们家的土地很大，肯定有不少好地方。我们可以在露营前做一些远足方面的练习，确保那些小家伙都准备好了。

你也知道，我经常会一个人在那里走走，但我想看看我的小队伍能走到哪儿。”

“嗯，好吧。”希娜猛然耸了一下肩，好像已经从刚才的气氛中走出来了。

“好了，我得走了。”霍恩比太太说着，拿起她的信件，快步走了出去，留给我们一堆没来得及问或者还没想到的问题。

但我们没空去想了，因为梅茜小姐继续说道：“你看，我想尽快带她们出去一趟。现在的天气这么好，而且她们夏天还要去上学——我们平时都是暑假出去的。这样可以吗？我有空的时候，可不可以时不时带一些孩子去你那里开展一些基础的童子军活动？”

她的话里有两点让我在意。第一，什么叫“有空的时候”？据我所知，她整天不是在布鲁克曼商店待着，就是在我们的土地上不停地散步。她是要在茶歇的时候歇息一下，还是从散步的时间里抽出时间来散步？第二，竟然有人会放心地把女儿交给她，特别是还要进行那些可能会发生危险的远足活动和在外过夜的露营活动。不过话说回来，我从自己的苦涩经历中可以得知，根本没人想当女童子军的领队。在我七岁时，我们学校也曾想组建一支女童子军队伍，结果没人——根本没人——自告奋勇来当领队。很显然，现在正是战争时期，男人们都出去打仗了，女人们不得不填补上男人们的岗位，于是她们连照顾家庭的时间都很少，更别说去领导女童子军了。等到她们工作完回到家里，她们还得既当爹又当妈，得做饭、辅导孩子完成家庭作业、洗衣服，诸如此类。她们再怎么也不会想去学校的体育馆领着一群七岁的女孩围着篝火唱歌，然后给她们讲述义卖饼干的好处。不过现在有梅茜小姐了。或许母亲们现在对梅茜小姐充满感激，等到她们发现活动回来少了一两个小姑娘，她们就要想想这算什么事了。

“可以，没问题。我会告诉老汤姆的。”希娜心烦意乱地说道，接着她取到了我们的信件。信件中有一封是给西比提亚的。希娜把信件放在我脚边的车斗地板上，我偷偷伸手去拿，但她下意识猛地伸过手来，把信件挪到了她身边，甚至连那副烦躁的表情都没变过。希娜的反应能力简直是离谱。

开车回家的路上，我们都很安静。希娜明显满脑子想的都是另一例幽浮目击事件——这能给她的经历增加不少可信度，还有葛莱蒂丝的预言。突然，她在苏克路上转了个U形弯，把车掉了个头。这很不安全。

这条路上全是盲弯，还经常有运送原木的大卡车通行。在卡车甩尾的时候，我和维妮弗蕾德吓得拼命抓住彼此，不过还好，我们活了下来。我们坐着的牛奶桶——太小了，根本坐不下两个人——倒下了，满地乱滚。我问道："如果可以的话，我想请问一下，我们这是要去哪儿啊？"

"去维多利亚。"希娜用肯定的口吻简洁地说道。

"为什么？"我问。

"去买个收音机。"她说道。

"那无线电波怎么办？"我结结巴巴地问，并随着卡车快速过弯时轮胎在砂石上的旋转，因为害怕而发出小声的惊呼。

"管它呢！"她说道，握紧方向盘，加大了油门。

我们一到维多利亚，就径直去了伊顿百货。希娜问了卖收音机的柜台在哪儿，然后被引到了楼上。一个售货员看到我们就扑了上来。

"女士，我能为您效劳吗？"他身着一套亮蓝色的制服，脚穿一双皮鞋，冲过来说道。

"看情况吧。"希娜说，"我想要一个收音机，用电池的收音机。"

"理所当然。"售货员说道。

“这一点儿也不理所当然。”希娜说道，“我以前从没想过要买，可能以后也不会想要，不过现在的我想要一个收音机。”

“女士，我可否问一句，你更看重收音机的哪些方面呢？”售货员问道。我猜他一定与各种类型的顾客打过交道。现在的希娜看上去就像是处于没有收音机就活不下去的最紧急的情况中。

“好吧，嗯，不要太大的。”希娜说。

“自然如此。”售货员说道。

“还有，嗯，色彩鲜艳一些最好。”

“电池供电的有这种迷人的粉红色的款式。”售货员说，“外壳是酚醛塑料做的。”

“还有，嗯，能接收到很远的地方发来的电波。”

“它们都能接收到很远的地方发来的电波。”售货员轻笑一声，“恕我直言，这本来就是收音机的特点。当然了，我们家的收音机更是绝了，或者说‘有天赋’更加合适。”

希娜没有理会他话语中的问题。通常情况下，我们会看到她使出浑身解数来修正这种滑稽的表达，给这个连母语都说不好的笨蛋上一课。但她现在有更重要的事情要做。

“不，我的意思是非常非常远。”希娜说道，“真的特别远。”

“女士，我向你保证，我们家的收音机配置顶尖，业内一流，已经更新迭代了无数次，它们是完美无瑕的。它们能收到的电波的距离，你都会感到吃惊。”

“有多吃惊？”希娜冷冷地问道。

“什么？”售货员反问道，他的声音终于带上了一丝犹豫和颤抖。

“有多远？你告诉我能收到多远的电波，我就告诉你我有多吃惊。”希娜说。

“你是要准确的距离吗？很遗憾，我们没法告诉你准确的距离。”售货员看上去非常沮丧。他的八字胡很长，不知怎么弄的，他让那些胡须都垂了下来。

“好吧，那大概呢？”

“你想要多远？”售货员恢复过来，反问道。

“外太空。”希娜一不做二不休地说道。

“啊，哈哈哈，我看出来了，你在开玩笑吧？真是的。”售货员嘴上笑着，脸上却露出了关爱的表情。

“是啊。好吧，那究竟怎么样？你们家的收音机能收到来自外太空的电波吗？”希娜目光如炬，透过眼镜片，居高临下地看着他。

希娜的个子非常高，当她这样做时，你会感觉到她能轻易地把你踩在脚下——就算是把你吃了都有可能，如果她突然有了这种食人魔一般的冲动的话。这通常会使人屈服。

“嗯，当然可以。”售货员说道，“我很肯定它能接收到，这个可爱的粉红色的型号。不过，很显然，我们没办法测试。无线电波也不是从外太空来的啊，不是吗？哈哈哈。但要是有电波，嗯，从外太空过来，我敢肯定这个粉红色的酚醛塑料外壳的收音机能接收到。”

“希娜。”我对她耳语道，我刚才去把所有的价签都看了一遍，“这是最贵的那个。”

但这个售货员肯定听到了，因为他说：“那是因为，这款是我们的太空型号。”他的手在空中画了个圈，应该是想表达这款收音机奢华的本质。也可能他就是画了个飞碟，很难说。

“我们买了。”希娜说。

我们安静地开车回家了。

希娜把收音机抱在臂弯里，就像对待一个宝宝那样。

当她带着收音机向自己的工作室走去时，她肯定有点儿后悔，因为老汤姆正向我们迎面走来——他想知道我们为什么耽搁了这么久。然后他看到了这个收音机。希娜说道："我不想谈这件事。"

老汤姆听出了她不善的语气，转身就回去种他的卷心菜了。但葛莱蒂丝从屋子里走出来，也看见了收音机，她笑得合不拢嘴。

"可算来了！"她说。

那些信件

午餐时分，希娜把信交给西比提亚，他马上就跑上楼去了，想必是去看信。我和维妮弗蕾德都快绝望了。要是我们跟在他后面去拿信，只会再被他去希娜那里告一状。我们又想不出别的办法来了解发生了什么事。老汤姆曾有一次告诉我，在法国，即使是很小的孩子也会为了帮助法国抵抗运动[①]组织而做一些危险的工作。我不由自主地想到，要是我和维妮弗蕾德参加了法国抵抗运动，那么维希政权[②]的人肯定要开心得拍着手跳起舞来。

① "二战"期间法国人民的反侵略运动。

② "二战"期间法国投降后，纳粹德国扶持法国政府要员组建的傀儡政府，与抵抗军是敌对关系。

吃过午饭后，葛莱蒂丝提议希娜和她一起听收音机。

“我在布鲁克曼商店听了整整一周，把这台收音机买回来以后也一直在听。”希娜沮丧地说道，“我想消停一会儿。”

“你都听了些什么？”葛莱蒂丝耐心地问道。

“哦，什么都听过，大多数时间在听加拿大广播公司的频道。”希娜说道。

“这就是你的问题所在了。”葛莱蒂丝说道，“你需要听的其实是比博普。”

“我不要。”希娜说。

“你需要。如果你想接收到外星人的信息，你就得多听听音乐，少听那些说话的节目。你想想看，一帮外星人怎么会用那些废话连篇的频道来联络呢？他们不会的。换我也不会，我们都没那么傻。比博普！这才是关键。他们能借着这音乐来，你懂得，在他们那些个飞行器里面跳舞。”

“你的意思是，”希娜的语气变得吓人起来，“那些火星人在太空中放声歌唱，还随着音乐的节拍打着响指？”

“要是他们有指头的话，他们会打响指的。”葛莱蒂丝大胆地俯视着希娜。

希娜眯起了眼睛，说："我根本不相信那些外星人会联系我。就算他们联系了，也不会用音乐的形式。就算是用音乐，也不会是比博普。"

"我不是说他们会对你唱歌。"葛莱蒂丝翻了个白眼，"那些信息会埋藏在音乐里的。"

"那我该怎样把它们挖掘出来呢？"希娜问道。

"啊，那就要看你自己了，不是吗？"葛莱蒂丝有点儿挑衅地说道。

"是的，看我自己。我现在要去听加拿大广播公司的频道了，就我自己。你得去把点心做好。看看你能不能找到你不会烤焦的东西。试试玉米面包。"

"我敢肯定，只要厨房里有比博普，我就不会把东西烤焦。"葛莱蒂丝说。

"我敢肯定你会的。"希娜冷酷地说道。

但这场有趣的辩论因为突如其来的敲门声而中断了。门口出现的是梅茜小姐，她是为了规划女童子军们远足和露营的活动来"踩点"的。

"你们好，这位是小艾明图德。她是我带来的实验对象。我要带她去走一走，看她这双小短腿能走多远。"梅茜小姐指着一个看起来紧张得不得了、穿着全套女童子军制服的六岁小女孩说。

“你好呀，艾明图德。”希娜说，“嗯，祝你们远足玩得开心。”她漫不经心地挥手和她们告别，她还要去破译火星人的信息呢。

“我只是想让你知道，我要去森林里了。”梅茜小姐还在说，“这是女童子军的好规矩：独自进森林的时候一定要告诉别人。”

“但你平时一直都是一个人进去的，从来没告诉过我们。我们都看到了。”我说道。不过，理所当然的，没人理会我。有三个大人，嗯，两个大人加一个“半大人”——不知道葛莱蒂丝能不能这么算——在场，就不会有人注意到我。

“你大概什么时候回来？”虽然希娜看起来根本不在乎，但她还是问了一句。

“我不知道。”梅茜小姐有点儿开心地说道，“我们要去贝克曼湾测一下水温。要是水温够高的话，孩子们就可以在水里玩了。”

贝克曼湾是海岸线上的一个小海湾。我们这地方大部分水域的水都是冰凉的，别说游泳，连蹚水都不在考虑范围内。但有几个海湾有平缓的大陆架，向外延伸出很远，那里的水温就高一些，可以游泳和蹚水。贝克曼湾就是其中一个。

“你是怎么知道贝克曼湾的？”我问道，“我只知道你会在这附近散步，没想到你还会去游泳。”

“一个士兵带我去的。”梅茜小姐说，“他们发现那里可以游泳。”

“真是的。”希娜说道，“这些人打打牌也就算了，但是像主人一样带着别人参观我们的土地就过分了。况且我们也没有允许他们游泳。”

“但我们已经允许梅茜小姐去任何地方了。”我说道，“再说了，他们游泳对我们也没影响啊，贝克曼湾离农场远着呢。”

“那不是重点。”希娜固执地说道，“我很乐意为战事尽自己的责任，但士兵们不该如此无礼，做这么过界的事情。”

“哦，”葛莱蒂丝说道，“那这些士兵在哪儿呢？我来之前你们可是说，到处都是士兵的。”

“他们的兵营在军用道那头不远处。”梅茜小姐说。

“我都不知道，你来得这么频繁啊。”希娜说。

“哦，我倒觉得不是很频繁……也就时不时来一次。”梅茜小姐做贼心虚地说道，“我很寂寞。”

希娜的脸唰的一下就红了，我觉得她已经后悔问了这个问题。

“你能带我去一趟吗？”葛莱蒂丝问道。

“女孩们，够了。”希娜说道，“我们不能去打扰那些士兵。显然他们都很容易分心。他们正在忙着备战。让他们分心，我们可能就要被赶到海里去，生活在水深火热之中，困难重重。我们不能去打扰他们工作。”

“哦，没关系的。”梅茜小姐说道，“他们一直都在找新面孔和他们打牌。那儿只有两个人会守在机枪旁，其他人都是和他们换班的人。我敢保证，他们一定很欢迎别人去打扰他们。他们互相都快看吐了。”

“胡说八道。”希娜说道，“我敢肯定他们做了各种各样重要的工作，只是因为谦虚才没有说。我们不能去烦他们，我们要为战事提供支持。”

“好吧，我正打算这样做，”葛莱蒂丝说，“给他们我的支持。来吧，梅茜小姐，我们带些女童子军饼干给那些小伙子吧。”

“我很抱歉，布鲁克曼小姐，但我们没带女童子军饼干。那些饼干一年中只有特定的一段时间才卖，我们没随身带着。不对，我们还得去侦察呢。我们得看看小艾明图德在累瘫前到底能走多远。”梅茜小姐说。

艾明图德打起了哆嗦。

“再说了，”梅茜小姐没注意到这个，“布鲁克曼小姐，用不着我带你去。沿着路走就是了，你最后肯定会看见兵营的。现在，我和我的小实验对象要出发了。”

梅茜小姐带着小艾明图德出发了。至于葛莱蒂丝，她本应该去做点心的，现在也走上军用道去拜访那些士兵了。

希娜抱住了自己的头。农场的人口在一点儿一点儿不断地增加，明显已经彻底失控了。

与此同时，我和维妮弗蕾德看到西比提亚偷偷摸摸地下楼，从后门溜了出去。

维妮弗蕾德用手指戳了我一下，悄悄对我说：“快，我打赌，他肯定是去藏今天的信了。我们去跟着他。”

于是我们也出发了，保持距离跟在西比提亚后面，时不时用建筑做掩护，直到我们来到了森林的天然掩护下。到了这里就轻松了。西比提亚要是做间谍，肯定是很蹩脚的那种，因为他一次都没注意到我们。当他走到那些古老的岩画附近时，我们停下来了。那里有又长又平整的石坡，你可以在上面边晒日光浴，边欣赏古老岩画上的海豹。西比提亚坐了下来。我和维妮弗蕾德蹲在一丛灌木下面，看着他把信从口袋里拿出来，展开，读完以后再放回口袋，然后蹦蹦跳跳地继续移动。我感觉他的步伐在看完信后变轻快了，是因为抑制不住的兴奋吗？随后他把我们引到了隐士那里。他到的时候，隐士正在给自己的菜园除草。我们看到他把信给隐士看了，接着他们俩的身影就进入隐士的小木屋里了。

“他肯定是把信藏在那儿了。”维妮弗蕾德说。

“我们得想个办法把隐士引出来，才能去里面搜索。”我说道，“但究竟该怎么办？”

“有了！”维妮弗蕾德大声说道，大声得我都害怕会让我们暴露了。然后她示意我们回家去。走了一小会儿，她说道：“你还不明白吗？我们根本不用引他出来。我们今晚就借着夜色的掩护过去，隐士那时要来夜色花园除草的。他每天晚上都会来吗？”

我回忆了一下。“不是每晚，不过他经常在月光明亮的时候过来。”我回答道，“即使月光很亮，那条穿过森林的小路也还是漆黑一片，很容易一不小心就摔下悬崖。”

“我们带着手电筒去。”维妮弗蕾德说。

“那样会引来夜行的美洲狮的。”

“好吧，没有什么计划是十全十美的。”维妮弗蕾德说。

我看着她，想分辨一下她是不是在开玩笑，但她转向我的脸上没有任何开玩笑的神色。她说道："我现在非常担心我的爸爸，弗兰妮，非常担心。"

"那就按你说的办。"我说道。

那天晚上，天空被厚厚的云层遮住，连月亮都看不见，而隐士也没来。我们耐心地等待着周日晚上的到来，盼望着那时天空无云。同时，我们尽量在白天表现得正常。我们吃了葛莱蒂丝做的糟糕的饭菜。她决定试着自己做周日的烤鸡。她宣称自己有比老汤姆更胜一筹的烹饪方法。我们都央求老汤姆驳回她的提议，自己来烤这只鸡，但他说我们必须给她个机会来发光发热——这倒很像是他会说的话。于是我们祈求着，希望她是真的有更好的烹饪方法，但等来的不过是烤焦的鸡和水果布丁。

"你究竟是怎么……"比起批判，希娜的语气更像是钦佩，"能把水果布丁给烤焦的？原料可是液态的啊。"

"也不是总烤焦。"葛莱蒂丝说道，一如既往地享受着自己做的食物。

下午的时候，葛莱蒂丝先是带着烤焦的饼干去慰问了一下士兵们。据她自己说，士兵们都很喜欢那些饼干。然后她就靠在希娜的工作室外面听收音机，不时还出声喊“换台”，而希娜听到了就会回复“走开”，这样一直持续到葛莱蒂丝去做晚饭为止。

晚饭过后，我们聚在钢琴旁边唱歌。明亮的月光透过窗户照进房间，我与维妮弗蕾德意味深长地朝对方点了点头。

我们先是唱了一会儿乡村歌谣，接着又唱了《俄克拉何马！》（一部在百老汇非常火的音乐剧）中的一整段。葛莱蒂丝不停地想在“许多新的一天”和“我无法说不”这两句之间加入比博普的元素，希娜被这种演绎弄得有点儿恍惚了。确实，“许多新的一天”没有了原来那种天真的魅力，但是当葛莱蒂丝没精打采地打着响指，在每一句歌词之间比博普、比博普地唱的时候，所有人不但不感到别扭，而且充满了精神，所以也没有人小心眼地对此发牢骚。因为大家唱得都很开心，一直到很晚我们才磨磨蹭蹭地回去睡觉。我大声且做作地打着哈欠，才让他们开始有了睡意。我发现哈欠是会传染的，它经常会让那些本来不想睡觉的人也进入犯困的状态。事实上，大家很快就和我一起打起哈欠来，伸着懒腰，抱怨说自己太困了。可惜我不能直接对他们大喊：“那就去睡觉啊！”

终于，大家都回到了自己的房间。维妮弗蕾德溜进了我的房间，我们俩整装待发，准备等所有人都睡着、隐士也来到夜色花园了就动身。我们在一片漆黑中坐在窗前，盯着田野的尽头、森林的边缘。我们等待着隐士的出现，却看到葛莱蒂丝打着手电筒沿着军用道走去。这时，希娜敲响了我的房门。

维妮弗蕾德和我大眼瞪小眼，吓得不敢出声。

我最终还是用沙哑的声音回应道："谁？"

"希娜。我可以进来吗，亲爱的？"她说。

"不行。"我不假思索地拒绝了，"我是说，我快睡着了，希娜。"

"不，你才没有。我听得出来你在说话。你没在床上——你在窗户边上，对吗？"

"不是，我只是把我的声音往那边抛过去。"我说道，"这是维妮弗蕾德教我的小把戏。"

"她为什么要教你这样的小把戏？"希娜问道，"这听起来挺蠢的。"

"她就是教了。"我发现在这种危机中，我没有骗人的天赋。我不是那种在紧要关头还能编出一个有鼻子有眼的故事的人，"人们做事往往不需要理由。"

"是的，没错，非常对。"希娜说，"我就是最近有点儿怀念和你独处的日子。自从遭到突袭以后，我们就没在阳台上坐着摇椅一起看过日落了，就我们俩。”（希娜说的“突袭”，是她用来指代农场里来了这么一群外人的情况。）

“我懂，我也很怀念。”我说着，心里突然因为希娜而感到非常悲伤。虽然一直以来我都在忙这忙那，都没时间怀念以前的日子，但她这么一说，我也开始怀念起来。我现在很想把维妮弗蕾德扔出去，把希娜拉进来。从我出生到现在，我和希娜都是在一起度过夕阳西下的时光的。但是不行。维妮弗蕾德非常担心她的爸爸，她也确实需要帮助，我不能抛弃她。

“所以我想来你房间待一小会儿。我不想去阳台了，因为最近我发现，只要我们在哪里，哪里就会聚上一堆人，就像打开的蜜糖罐吸引蚂蚁一样。但我觉得来你的房间应该没事，没人会来这里找我们。”

“那是挺不错的，希娜。”这时维妮弗蕾德掐了我一下，然后疯狂摇头，“不过我现在，刚才也说了，快睡着了。要不明天吧。”

可是，啊，我想着，我们与朋友们建立的种种亲密的纽带，我和希娜之间用忠诚、共同的习惯以及愉快的交谈建立起的联系，可能会在转眼间被误会给轻易地击溃。要是我和希娜之间的纽带真的被摧毁了，我会崩溃的。

“好吧……”希娜说，“那我进来对你说声‘晚安’就走。”

“门是锁着的。”我说道。这我倒没说谎，是维妮弗蕾德锁上的，谢天谢地她有这种先见之明，“我太困了，不想去开门了。”

“哦。”希娜说道，我能听出来她后退了几步，我的心都快碎了。她虽然人高马大的，但内心十分纤细和敏感，“那好吧。嗯，晚安。”

“晚安，希娜。”我说道。

房间里非常安静，我们能听到她走开时候的低声自语：“孩子们都是会长大的。当然了，孩子们都会。”

我对着门大喊：“对你来说，我永远是个孩子，希娜。”但她已经回到自己的房间了，我听到了她房门关上的声音。我觉得她应该没听到我说的话。

“别在意。”维妮弗蕾德说道，她有时候有点儿缺心眼，没心没肺的，“她会想开的。看，隐士来了。”

我们这里看得很清楚，他正在穿过田野，随后他打开了夜色花园的门。

“他没有爬栅栏，他用的是钥匙！”我愤怒地说道，

“他怎么会有钥匙的？老汤姆说那把锁已经锈死好几年了。”

“老汤姆说谎了。”维妮弗蕾德全心投入自己的事情时就会这样没心没肺地说话。我已经开始后悔与她搭档去夜袭隐士的小屋了，不过已经太迟了。我们没发出任何声音地溜出了房子，隐士正在花园里忙着。我们蹑手蹑脚地在月光的照耀下穿过田野，一直到森林里才打开手电筒。

夜晚的森林与白天的时候完全不能相提并论，到处都是阴影、岩石和树根，人随时会被绊倒。为此我们花了平时两倍的时间才到了隐士的小屋，这期间时不时会有一个人打退堂鼓，但靠着维妮弗蕾德对父亲的担忧，我们还是坚持下来了。当我们终于抵达时，我们感觉总算没有白来，因为我们一进屋子就发现那些信放在桌上，甚至都没有被藏起来。我们按照来信的顺序读了一遍内容：

1. 时机已到。

“哦，”维妮弗蕾德说，“妈妈说过爸爸要做些蠢事。她看了肯定就知道，是做蠢事的时机已到。我就不该怀疑她，我真是个傻瓜。”

“你才不是傻瓜，维妮弗蕾德。”我坚定地说道，“你只是没有掌握必要的线索。我们赶紧读剩下的信，看看西比提亚和你爸爸之间的大秘密究竟是什么。”

2. 小心点儿。

3. 保守秘密，继续侦察。

4. 让他告诉你密码。

5. 周一就行动。要是我再也见不到你们了，告诉大家，我爱他们。

维妮弗蕾德拿着信呆立不动，仿佛石化了。

我开口说道：“情况比我们预料得还糟糕。”

电台报道

我们紧紧抓住信，冲出小屋，跌跌撞撞地跑上了黑暗的小路。幸运的是，隐士还在花园里干活儿，我们没和他撞个正着。

“为什么是密码？什么的密码？”我不停地重复着，“问谁要密码？”

“我怎么知道。”维妮弗蕾德说，“这一切都说不通。也没有必要再去问西比提亚了。既然最后这封信都不能唤醒他心中的恐惧，那我们就不可能从他身上问出任何东西来了。现在只能做一件事，我和威尔弗雷德必须给妈妈打个电话，我们可以先把我们知道的事情告诉她，然后提醒她注意可能发生的危险。最重要的是，我们可以告诉她行动就在明天，不管是什么行动。除非这一切都是个玩笑，或者是爸爸和西比提亚之间玩的过家家游戏。”

“是了，就是那个。”我说道，“这显然就是个游戏。”

“你不了解我爸爸。”维妮弗蕾德担心地说道，“不过我们可以告诉妈妈，让她去搞定。”

“是的，明天早上我们让希娜带我们去布鲁克曼商店，你就可以给你妈妈打电话了。”我说道。

我们匆忙走完了剩下的路，回到了家里。行动的计划已经敲定了，我们都上床睡觉去了。因为这次不寻常的夜间锻炼，我睡得很好。不知道维妮弗蕾德睡得如何，我想她应该在辗转反侧，为她那不体谅人的家人感到焦虑和痛苦吧。

第二天早上，我们下来吃早饭。不出所料，平时把长发梳理得很平整的维妮弗蕾德，现在披头散发。她的头发乱七八糟的，打满了结。葛莱蒂丝看到她的时候，惊得目瞪口呆。

“天啊。”她说道，“也许我确实应该把那本美容杂志借给你。”

我忍着没说，她的美容杂志看起来对她自己也没什么用。葛莱蒂丝的头发就像是陈列剩菜的博物馆。

我和维妮弗蕾德到得晚了一点儿，因为我们起床比平时晚了一些。希娜已经用过早餐，去她的工作室了。西比提亚去森林里了。我们觉得老汤姆和威尔弗雷德肯定是去哪个园子干活儿了。我们的计划是先去提醒威尔弗雷德，把事情解释清楚，然后求希娜带我们去布鲁克曼商店打电话。但当我们出去时，我们才发现，老汤姆和威尔弗雷德不知道去哪儿了。我们去了放牛的地方、猪圈、谷仓、各个花园、土豆田还有果园，接着又去了干草场，一块地一块地地找过去，完全没看到他们的踪影。

“这农场上的田地也太多了。”在我们踏遍整个农场的过程中，我抱怨道。

最后我们放弃了，径直去了工作室。葛莱蒂丝无精打采地靠在外墙上，喊着：“这里是外星人在向你说话，把频道换到放比博普的。”

“走开，葛莱蒂丝。”希娜回喊道。

“老汤姆和威尔弗雷德去哪儿了？”我们冲进里面问道。

希娜正不停地绕着她的新版美人鱼雕塑转圈。这条美人鱼长了角。

“我没听说过美人鱼还有角的。”我说。

“我以为加上角会好一些。”希娜说道，“不过你说得对。这就是个垃圾。其实都无所谓——有没有角都无所谓，这不是我想呈现的东西。我怎么就呈现不出来呢？为什么？”她说着说着就把整个雕塑一把推倒，然后跳上去又踩又跺。

“你想呈现的是什么东西？”维妮弗蕾德畏惧地问道。看着一个高大的女人在一个雕塑上上蹿下跳，确实令人不安。

“这东西，不可名状。”希娜说道，“不可描述。就像这个！”她调大了收音机的音量，“这是莫扎特的《D大调嬉游曲》，第二乐章。”

我们都仿佛被钉在原地动不了了。这段音乐表现出了一种求而不得的痛苦。人们好像经常把感受到但无法说清楚的东西放进音乐里面去。

“这不是比博普！”葛莱蒂丝喊道，“加拿大广播公司的人是不是脑子有问题，他们怎么一直放这支乐曲？”

“你给我安静点儿。”希娜说道。随后她回过神来，说：“老汤姆带威尔弗雷德去钓鱼了，他说可能要明天才能回来。要是风浪不太大，他们可能会沿着海岸往北走，在弗莱迪港住一晚。他说该给威尔弗雷德放个假了。他们早就不在园子里了。”

“不！”维妮弗蕾德喊道。

希娜用疑惑的眼神看着她。希娜一直都相信，从爱哭鬼爱丽丝那里受到的影响总会以某种形式表现出来。

“我们有事要告诉威尔弗雷德。”维妮弗蕾德解释道，她的呼吸开始变得急促起来。

“好吧，你们除了等待也别无选择。我们没法把他们从海上叫回来，你懂得。你们今天准备做什么？你们收集好鸡蛋了吗？”

“还没呢。我们等会儿回来再告诉你我们准备做什么。”我说着把维妮弗蕾德拽到外面，打算讨论现在的状况。

“我们得做点儿什么。”她的呼吸仍然很急促，眼睛都鼓起来了。

“嗯，好吧。”我说道，抓住她的手臂晃了晃，希望能借此让她打起精神来，“也不一定要威尔弗雷德来给你妈妈打电话。我们回去把一切都告诉希娜吧。”

“不行。”维妮弗蕾德说道，把她的手臂抽了回去。

“维妮弗蕾德，你总得有个行动的方案啊。”我说。

“哦，天哪，这太难了。我觉得我们必须告诉妈妈，但我又觉得除非我们确定有什么事情要发生，不然不应该给她发这个警报。以我们掌握的情况来看，西比提亚也有可能只是在和爸爸玩什么游戏。”

“我们已经讨论过这些了。你妈妈知道有事情要发生，不然她也不会去科莫克斯了，不是吗？新的消息不会给她太大冲击的。”我说道，“我提议，我们直接给她打电话，把信读给她听。”

“我不知道。”维妮弗蕾德说，“我希望威尔弗雷德在这里。”

真是的，我这么想着。我突然很庆幸我没有个弟弟，不然有可能也会像这样没有主见。

“或许我们该去问问隐士，到底发生了什么。或者让希娜去问他，他肯定会告诉她的。”维妮弗蕾德说。

“他不会的。”我反驳道，“而且除非火烧眉毛了，否则她才不会去问他话。她觉得每个人管好自己的事情就行了。”

“可这是紧急情况，也不行吗？”维妮弗蕾德说。

“她会说，如果这是紧急情况，我们应该直接给你妈妈打电话。”

“哦，我不知道该怎么办，我不知道该怎么办。”维妮弗蕾德说。

我倒是知道我想让她怎么办，但问题在于我不清楚她家的内情，她也不知道我家的，而且谁也不知道隐士的。这就像不同星座之间微妙的舞蹈，它们有着不同的星象、以不同频率闪烁的星星和不同的引力。

“我告诉你该怎么办。我们去把蛋收集好。”我说，“我发现亲手做点儿事情能让人的精神状态更稳定。”

于是我们去把鸡蛋收集好了，但之后希娜又不断地让我们做杂事。要是我是个小心眼的人，我可能会认为这和昨天晚上我不让她进门和我道晚安有关。当我们把门廊清扫干净时，梅茜小姐带着新的小实验对象出现了。

“这是谢丽尔。”她对我们说。

“你好啊，谢丽尔。”希娜说道。“你之前的小实验对象哪儿去了？”她又问。

“那个啊，彻底失败了。走了六公里就累瘫了，之后甚至都不想露营了。不过那些人给她补充水以后，我敢肯定她没事了。”梅茜小姐说，“话说回来，这个谢丽尔可是用坚实得多的材料制成的。不是吗，谢丽尔？仅仅是完成悬崖速降还有爬过熊窝而已，这些都不会磨灭你的女童子军精神的，不是吗？”

谢丽尔颤抖起来。好像熟悉的女童子军故事又要重演了。

“我想不会的。”梅茜小姐没有给谢丽尔回答的机会，“我们要出发了，去周六艾明图德和我发现的一个地点搭建篝火。露营可有太多东西要准备了！前进。带上罗盘，背好弓箭，我们前进！”

这时我才注意到她们背上还背着弓箭。

“让女童子军接触弓箭是不是太早了点儿？”我抬了抬眉毛，问道。

“保护自己不被野兽伤害，永远不会太早。”梅茜小姐说。

“希望你这次带了水。”希娜有气无力地说道。

她一般什么都不会说。她不想和那些热情四射的女童子军宣言扯上任何关系，也不想看到自家的土地上全是小孩在到处乱跑，像蒲公英一样飘得到处都是。

我和维妮弗蕾德又开始在农场里走来走去。维妮弗蕾德在几个选项中犹豫不决，她一会儿想直接打电话给她妈妈，一会儿想去逼问西比提亚，一会儿又想去威胁隐士，还打算干等着听天由命。

“要是西比提亚去找隐士了，他现在肯定已经知道我们把信拿走了。”我说道。

“或许他会怀疑隐士把那些信扔了。西比提亚非常多疑，他天性如此。”维妮弗蕾德忧虑地说道，又加快了脚步。今天的天气热得反常，我满身大汗，跌跌撞撞地跟着她，希望她能在我和上一个小实验对象落得一个下场前得出结论。

“好吧，我们直接告诉妈妈。”维妮弗蕾德终于下定了决心，这时我们已经绕着田野走了八圈。

“换我也会这么做的。”我说道。

我还想说，要是她和我一样在走第一圈的时候就做了决定，就能让我们的球鞋少受点儿罪了。当然了，我没有说出来，她现在要处理的事情已经够多了。

当我们走近希娜的工作室时，我们却吃了一惊，因为我们看到她飞也似的冲了出来，手里拿着收音机，尖叫着：“天哪！天哪！弗兰妮，亲爱的，快过来！维妮弗蕾德，西比提亚！”

我们赶紧向她跑过去。她什么也没有说，只是把收音机一把推到我们面前，把音量调大。

“空军长程侦察机‘阿格特’号在科莫克斯空军基地被盗。‘阿格特’号因其可以在不补充燃料的情况下连续飞行几天的卓越续航能力，一直被其他国家觊觎。罗伯特[①]·马登，一位维修人员，同样下落不明。他是

① “罗伯特”是马登家孩子们父亲的大名，“鲍勃”是其昵称。

被卷入了一起绑架事件还是与飞机失窃事件有关，目前尚不明了。”

“这就是整件事的结果？他偷了一架飞机？必须让妈妈知道这件事。这肯定就是她一直说的他要做的蠢事了。”维妮弗蕾德哀号着说，接着她终于如希娜一直偷偷预言的一样，像爱哭鬼爱丽丝一样歇斯底里地、痛苦万分地恸哭起来。

我和希娜想不出什么安慰的话语。我们还在想的时候，一辆车从农场的路上疾驰而来，看那急迫的势头，好像要从我们身上轧过去一样。那辆车在我们身旁嘎吱一声停下，布鲁克曼太太跳了出来。“哦，天哪，亲爱的。”她说着，跑到维妮弗蕾德身前，抓住了她的双肩，“快，你妈妈给商店里打了电话，她让你们几个孩子给她回电。你的弟弟们呢？”

维妮弗蕾德边哭号边说道：“威尔弗雷德在钓鱼……呜呜……不知道什么时候回来……呜呜呜……西比提亚去森林里……呜呜呜，喀喀，呜呜，喀喀……和一个什么隐士在一起。”她最后是出于纯粹的怨恨，才把西比提亚说得好像故意找了个最荒诞不经的玩伴一样。

“西比提亚！”希娜说道，“要是他午饭时回来，而我们又不在，他会担心的。我要给他留一个三明治和一张字条，告诉他我们去布鲁克曼商店了。在我们搞清楚他父亲到底出了什么事情之前，把这件事告诉他也没意义。”

她冲进屋子里去了，而布鲁克曼太太又一次转身对维妮弗蕾德说：“很不巧，亲爱的。现在只能你一个人来打这个电话了……”

我们都焦急地等待着，直到希娜从屋子里出来。“快，没时间浪费了。”布鲁克曼太太对呆站着的维妮弗蕾德说道，催着她上了车。

“那个电话，是要说被黑的灰机[①]的事情？”希娜向布鲁克曼太太问道。

“哈，还能是什么事？哦，可怜，可怜的妈妈。”维妮弗蕾德啜泣着说。我们都惊讶于她这么快就理解了一门外语，即使这只是孩子们间的黑话而已。

“好了，好了。”布鲁克曼太太安慰道，“我们现在还什么都不知道呢。你爸爸的失踪可能只是巧合。”

“哈，那可能性真是太高了。”维妮弗蕾德不屑道，

---

① 希娜说的“被黑的灰机”（olenstay aneplay）实际意思是“被偷的飞机”（stolen plane），是按照文字游戏“儿童黑话”（pig latin）的规则将原词组改写而来的。

接着又开始哭了。

“维妮弗蕾德，亲爱的，”希娜说，“你是不是知道些我们不知道的事情？”

我掐了维妮弗蕾德一下。我觉得她爸爸要是有麻烦的话——而且现在显然已经有麻烦了，我们最好不要把知道的事情泄露出去，那样只会让她爸爸陷入更大的麻烦中。更别说事先知道却什么也没有做的我们会有什么样的麻烦了。

我们一路上都很安静，除了维妮弗蕾德在不停地抽噎。希娜把收音机带上了，她调到加拿大广播公司的频道，等待着最新的新闻报道。坐车的时候听收音机还挺有趣的。

“总有一天，”我感觉气氛有些尴尬了，想找个开心的话题聊聊，“人们会给车装上收音机的。”

“安静，弗兰妮，现在别说话。”希娜说。

“人们已经把收音机装在车里了，亲爱的。”布鲁克曼太太好心地说道，“但你家的卡车是一九一八年产的老别克车，而这辆是一九二七年产的纳什旅行车。大概十年前人们才开始在车里装收音机。”

我恼怒地想，又有人比我先一步搞出了一个改天换地的发明。哦，好吧，我也不是发明家。我是个作家。

这可真够难的。

“嘘！”维妮弗蕾德猛地让我们安静，新闻又开始播报了。他们正在采访爱哭鬼爱丽丝。

“他怎么可能？”她的声音从收音机里传出来，“他都不是飞行员，他只在书上看过相关的东西！他最近举止很奇怪，而且很焦虑，但我从没想过会这样。”

“哦，妈妈！”维妮弗蕾德极其愤怒地吼着，“这是说的什么话！”

我们让她安静下来，听爱哭鬼爱丽丝继续对着记者大喊大叫：“我来科莫克斯就是因为我觉得他要干些蠢事了，我对这种事有第六感。我到这里的时候，他对我说：‘我要做一件惊人的、改变人生的，甚至危及生命的事。这件事既无畏又美好，但我不能告诉你详情。’”

“‘你必须告诉我。’我一次次地恳求他，‘要是这危及生命的话，你必须得告诉我。你可能会死吗？’

“‘可能会。’他说道。

“‘那就告诉我啊！’

“‘那不行。’他说，‘你只会劝我不要干。’

“那个人真的很令人恼火！”

“那么，马登太太，你认为你丈夫说的这件事，就是盗走‘阿格特’号吗？”记者问道。

接着是一阵可怕的沉默，显然爱哭鬼爱丽丝意识到她刚才交代了些什么。“不是的。”她回应道。但这明显是在说谎。

“哦，妈妈！”维妮弗蕾德大喊，“你说话就不能过过脑子？”

“你妈妈打电话来的时候听起来挺沮丧的。”布鲁克曼太太说，“她当时正在哭呢。”

希娜和我对视了一眼。当然了，我们对此不予置评。

再也没有人开口说话，不过维妮弗蕾德振作了起来，她的脸上露出了坚毅的表情。要是她的妈妈支持不了爸爸，那就让她自己来。我们一到布鲁克曼商店，布鲁克曼太太就拨通了号码，把电话听筒交给了维妮弗蕾德。

“妈妈。”维妮弗蕾德小心翼翼地叫了一声。

“哇！”从听筒里传来了哭声。

“好了，妈妈，振作点儿。爸爸可能没事。他可能只是，嗯，出去散步了，或者开车兜风去了。现在还没有什么证据呢。”

“哇！”

“不管他做了什么，或者没做什么，我相信他都有充分的理由。我们要支持他，妈妈，不要再去接受那些没意义的采访了。”

“哇！”

“好吧。嗯，很高兴能和你说上话。我们这儿一切都好。要是你那边有了新的进展，或者你觉得自己可以正常说话了，再打过来吧。”

“哇呜……哇呜……哇呜！”

这次爱哭鬼爱丽丝的哭声中带上了个“呜”的音。她听起来就像个高速运转的引擎一样，但我们根本不知道这意味着什么。

“再见，妈妈。”维妮弗蕾德草草地结束对话，挂断了电话。

她皱了皱眉，整个额头都皱了起来。我们也因为同情而皱起了眉头。

“好吧。”维妮弗蕾德终于开口了，“她帮不上什么忙，显而易见。”

“亲爱的，你现在想怎么办？”希娜问道。

“回家吧。”维妮弗蕾德说道，“我是说，回你的家里去。回家等西比提亚和威尔弗雷德。”

“好的，没问题。”希娜说道。

布鲁克曼太太开车把我们送了回去，一路上我们都开着收音机，但新闻没有后续报道了。我们到家下车后，感谢了布鲁克曼太太。当我们快走到门前时，她隔着半开的车窗喊道："顺便问一句，葛莱蒂丝的工作干得怎么样？"

"好极了！"希娜喊了回去。今天的糟心事已经够多了，就别再找事了。

但糟心的事还没完，我们还不如就待在布鲁克曼商店不回来。因为随后爱哭鬼爱丽丝又打了三个电话给布鲁克曼太太，每次布鲁克曼太太都得过来把维妮弗蕾德接走。第一次来电是在我们听到广播里的报道之后。报道说："我军已派遣多架飞机对'阿格特'号进行搜寻，但负责本次行动的麦基中校在被问起是否有寻获'阿格特'号的可能时，他回答：'我们可是要搜索一片汪洋大海呢。'"但是当维妮弗蕾德到了布鲁克曼商店给她妈妈回电话时，爱哭鬼爱丽丝只是在电话的另一头哭个不停。

第二次也是在听到新闻广播之后。新闻里说："目前有这样一种猜想，即那架轰炸机里混入了一组日本间谍。'那些小日本鬼鬼祟祟的。'麦基中校称，'对那些人我没什么好说的。而且据我们所知，罗伯特·马登是他们的内应。'"

当维妮弗蕾德接通了她妈妈的电话时，她冷静地说道："妈妈，不管你听说了些什么，都不要相信。"

爱哭鬼爱丽丝那富有建设性和帮助性的回应则是："哇！"

最后一次来电，则是在我们听到空军飞机接到了指令之后。那个指令是，一旦见到"阿格特"号，格杀勿论。

维妮弗蕾德在听到这个消息时脸色变得煞白。给她的妈妈回电话时，她对着听筒轻声说道："哦，妈妈。"

她妈妈令人安心的回应则是："呜……呜……呜……哇！"

因为没有其他家人可以依靠，维妮弗蕾德变得冷静而能干起来。在第三次去布鲁克曼商店之后，她对我说"过来"，然后将我拉出了屋子。我们之前坐在餐厅里，和希娜一起听着收音机。我们谁都没有说话，轮流起身走一走或是透过窗户向外看，等着威尔弗雷德和西比提亚回来。

"我以为幽灵就够让人害怕的了。"我苦笑了一下，维妮弗蕾德正拖着我走过一片田野，"我们要去哪儿？"

维妮弗蕾德一言不发，只是带我穿过森林，沿着通向海岸的小路，一路走到那个有岩画的地方。在那儿，维妮弗蕾德从口袋里拿出了她爸爸写的信，还拿出了一盒火柴。

“我们得把这些信烧掉。”她说道。

好主意啊，维妮弗蕾德！

“幸好我们没把这事告诉妈妈，不然她肯定会在广播里说给整个加拿大的人听。等西比提亚回来的时候，我们一定要和他强调，绝对不能把他和爸爸通信的事情说出去。现在可是‘格杀勿论’的状态。”说最后一句话的时候，她面无表情。我这才知道，当内心波澜万丈的时候，脸上往往不会表现出来。

我们一把火烧掉了信。不得不说的是，出来这一趟算是把我从在餐厅来回踱步、等待最新报道的状态中解救出来了。不过，理所当然的是，我们马上回去，重新进入了那种状态。除了维妮弗蕾德，她家里再没有人在时刻关注事情的进展了。她真是好样的。

夜幕逐渐降临。葛莱蒂丝在得知现在的情况后，开始不断地给我们送一些诱人的焦煳食物，我觉得这种行为就她而言简直贴心得不正常，而且她一次都没要求我们换台听比博普。

到了晚餐时间，我们都没有食欲，但我们至少知道西比提亚要回来了。他吃过我们留下的三明治后又出去了。他中午回来的时候我们在布鲁克曼商店，互相错过了，所以他现在对整件事情还一无所知。希娜有一条铁律：我们白天想去哪儿都行，但必须遵守用餐时间。这其实是她用来确认我们安全的一种方法，这样她就知道我们没有溺水，也没有被熊吃了。所以可以肯定，西比提亚很快就会回来吃晚饭。就在葛莱蒂丝准备把晚饭端上餐桌的时候，我们看到他从森林那边走过来了。随后，让我们备感宽慰的是，在另一个方向，我们看到老汤姆和威尔弗雷德正把小船搬回来。我们让西比提亚进来，先去洗手洗脸，没有告诉他任何事情，打算等威尔弗雷德来了一起说。当所有人都在桌边坐下后，我们把事情的来龙去脉都说了出来。

威尔弗雷德脸色苍白，一言不发。

然而，西比提亚的举动却让我们这些紧张了一天的人大为震惊。他站上自己的椅子，攥起拳头挥向空中，开心地大喊道："他做到了！"

踏入夜色

“坐下，西比提亚。”希娜平静地说道，我想她应该正在极力克制着自己。她转头看了看维妮弗蕾德和威尔弗雷德惨白的脸色，接着说，“好了，我知道现在情况不容乐观……”然后她发现怎么说都不太好，于是说，“有谁想喝点儿焦煳的汤吗？”

葛莱蒂丝把汤碗端了过来，一股番茄独特的煳味从碗里飘了出来。

“我们该怎么办？”威尔弗雷德用平静的语气问道，但他的表情很凝重，透过眼镜片可以看见他眼中有轻微的惊慌失措。

“我们应该喝汤。”希娜说，“饿死也不会对事情有帮助。现在，我觉得最好的办法就是，只要有人来询问我们，我们就说我们对那架失踪的飞机一无所知。我们确实什么都不知道。”

“西比提亚，你一定要管好自己的嘴。”维妮弗蕾德说，“他们现在可是‘格杀勿论’的。”

“我们该怎么办？”威尔弗雷德又问了一遍。

“你们应该先吃饭，然后上床睡觉。”老汤姆说，“其他事情你们无能为力。”

“是的。”希娜赞同道，她强颜欢笑起来，“这么做是最好的。我们以为西比提亚真的知道些什么——”

“我确实知道。”西比提亚打断了她。

“你给我闭嘴。”维妮弗蕾德粗鲁地说道。

“我不。”西比提亚说。

“你们俩都闭嘴。”威尔弗雷德罕见地发了火，“让希娜说完。”

“谢谢你，威尔弗雷德。”希娜说道，“我刚才想说的是，毕竟，我们也不知道你们的父亲究竟干了什么。西比提亚觉得自己知道，但那当不得真。面对问题的时候，最好的办法就是保持头脑清醒，但如果你们整晚都担心得睡不着，那头脑就不可能清醒。试着向积极的方向想想，去休息吧。”

“即使如此，”威尔弗雷德说，“我还是想听听新闻报道。”

“哦，亲爱的，那样做可能不太明智。”希娜说道，“无线电台和新闻工作者总喜欢把事情搞大。他们想让你一直听下去，这样他们就可以拉到赞助——赞助就是他们的经济来源，所以他们说的东西都靠不住。不如让我和老汤姆来听，然后把其中真实的部分告诉你们吧。”

“不用了，谢谢。”威尔弗雷德说，“感谢你的体贴。不过反正我也睡不着，我想亲耳听听这些报道。”

希娜把头扭到一边，但还是打开了收音机，问道：“有谁想要甜点吗？”

没人要吃，但葛莱蒂丝还是端了一盘烤焦的樱桃馅饼上来，把它放在桌子中间——活像是祭拜时被供奉的小羊羔。她表情沉痛地看着它，试图像其他人一样表现出悲伤的情绪，但很显然，她觉得遇上这种事有点儿小兴奋。

“我还从来没有过和一个可能要因叛国罪被绞死的人的家人待在一个屋檐下的经历。”她说道。希娜对她怒目而视，但她浑不在意地一连吃了三块馅饼。

我们坐了一个小时，陆陆续续地听到了一些消息。一开始都是些我们已经知道的。然后就听电台的评论员说道："我们获悉，能启动'阿格特'号的人在整个加拿大都寥寥无几，只有他们才知道安保密码。要启动飞机就必须在控制板的键盘上输入密码，如果真的是罗伯特·马登启动了飞机，或者他和敌国的日本特工合作启动了飞机，那么他们肯定破解了密码。再者，无论是谁偷走了飞机，都必然从那些知道密码的人那里获得了帮助。而知道密码的人非常少，他们都接受了问询，目前没有发现他们有泄密的嫌疑。虽然我们怀疑罗伯特·马登与'阿格特'号的神秘失踪有关，但他只是个基层维修工，不可能接触到绝密的'阿格特'号安保密码。而他本人现在不知所终。军方称，他的失踪非常可疑，但目前还没有任何可以被证实的消息。"

"喏，你看，"希娜说，"没有任何可被证实的消息。"

"爸爸不可能知道安保密码。"威尔弗雷德说道，"那么问题来了，他到底在哪儿？"

"不对，他知道安保密码。"西比提亚兴奋地说道。

"那些信！"维妮弗蕾德说，"爸爸给你写的信里面有一封，'让他告诉你密码'。'他'是谁？你去问了谁？"

"隐士。"西比提亚郑重地说道，"爸爸一直都想把'阿格特'号开上天。我和隐士聊起了这个，他说他知道怎样才能做到。他告诉我启动飞机是需要密码的。他告诉了我密码，帮我准确地写了下来，然后我把那张纸寄给了爸爸。”

“我还以为隐士根本懒得搭理一个好动的小鬼呢。”我说完就意识到，即使是在这种情况下，这句话也太没礼貌了点儿，“对不起，西比提亚。”

“我跟你们说过，他觉得我是特别的。”西比提亚说。

“你才不特别！我听都没听说过这种事！”维妮弗蕾德说道。

“爸爸一直想要驾驶‘阿格特’号？”威尔弗雷德问道。

“是的。我们还住在科莫克斯的时候，他和我说过。他说他日复一日地进入这架飞机里，却只是做些维修工作。他不想维修飞机，他想要开飞机。他当不了飞行员，因为他高中没毕业，那真是非常不公平。他知道该怎么开飞机。他说他非常了解‘阿格特’号，他爱着‘阿格特’号。他说他只是想驾驶它飞一次，只是想知道飞起来到底是什么感觉。他说他计划飞一次，然后再把它开回来。他觉得现在时机已到，那时他正准备破解密码。他本来的计划是把不同的数字组合挨个儿试一遍，直到试出来为止。不过随后隐士就把密码给我了，我就把密码给了爸爸。所以现在他终于有机会开着它飞起来了。你们不用担心，他从来没打算把它偷走。那些人全都搞错了，他只是想玩玩。”西比提亚说。

“好吧，要是他只是想玩玩，”维妮弗蕾德说，“那他怎么还没有把它开回去？”

“他可能玩得正开心呢！”西比提亚说，“我也想去飞机上。”

“不，你不想！”威尔弗雷德咬牙切齿道。

“我也想！”葛莱蒂丝说道，不过我们无视了她。她在听我们说这些令人不寒而栗的事情时，心不在焉地把剩下的馅饼全都吃光了。

“我就是想！我想去‘阿格特’号上和爸爸一起玩。”西比提亚固执地说道。他站到椅子上，张开双臂，开始模仿飞机发出的声音。

“坐下！”维妮弗蕾德命令道，“你还不明白吗，西比提亚？空军可不会让人随便摆弄他们的飞机。”

“还有那个隐士。”威尔弗雷德说，“你们注意到没有，电台的人说整个加拿大只有寥寥无几的人知道安保密码。隐士怎么可能知道密码？”

“呵，我觉得他肯定知道。”西比提亚自鸣得意地说道，“因为现在爸爸和飞机一起不见了。”

到了现在，我觉得每个人都已经被吓得魂不附体了。因为西比提亚说的显然是真的，我们没法再把维修工鲍勃和飞机同时失踪归因于巧合。原本，我们最后的希望就是维修工鲍勃不知道安保密码，没法启动飞机。但要是隐士真的把密码给了他，那他就真的有麻烦了，甚至马登一家都可能会被当成间谍逮捕。还有，隐士究竟是谁，或者说他曾经是谁，才会有权限接触到加拿大最高密级的侦察机的安保密码？

“我要去找隐士谈谈。”老汤姆站了起来，“希娜，把收音机关了。这些碗都留到明天洗。葛莱蒂丝，回你的小屋去。孩子们，去睡觉。”

老汤姆很少直接下命令，这让我们都呆住了。希娜轻巧地关上了收音机，然后对我们说：“好了，孩子们，去吧。今晚就到这儿吧。”

“但我们也睡不着啊。”维妮弗蕾德说。

“我等会儿给你们弄一些热牛奶上去，加点儿洋甘菊。”希娜说道。

她和老汤姆与往常不同，突然表现得非常成熟起来。和以往的懒散状态相比，他们变得非常能干且果断。“赶紧的，都快去吧，乐观点儿。”希娜说道，“要是有新的消息，我会把你们叫醒的，没必要熬夜等。”

老汤姆已经穿上了他厚厚的羊毛衫，拿上了手电筒。我们能看到他穿过田野的身影。我们回到了房间里。我本来打算让维妮弗蕾德今晚和我待在一起的，但我知道马登一家现在都心神不宁，哪怕是我们最喜欢的话题，她也没有心情和我聊。

我躺在床上，听着希娜给炉子添柴火、摆弄锅盆、加热牛奶和取杯子的声音。这时，我突然听到了一个异样的声音——那是跑过走廊下楼的脚步声。

“搞什么鬼？”我自言自语道。当我听到后门被砰的一下关上的声音后，我走到窗户前，看见西比提亚赤着脚，正向夜色花园跑去。我还什么都来不及做，就看见他像一只猴子一样爬上栅栏，翻到里面去了。在那月光下发出光辉的花园里，他驻足了一秒，然后就消失了。他就这么简简单单地，凭空消失了。

我跑到楼上维妮弗蕾德的房间里去，看见她正躺在床上，盯着天花板，很明显没有遵守希娜提出的保持乐观的原则。

“怎么了？”维妮弗蕾德问。

“西比提亚他……”我刚开了个头。

“是的，我知道。”维妮弗蕾德说，“他告诉我了，他要出去上厕所。”

“好吧，他没有。”我说道，“他去了夜色花园。我是说，他进到了夜色花园里面，然后他就消失了。”

我和维妮弗蕾德又冲进了威尔弗雷德的房间，然后对他复述了一遍。

“什么意思？”威尔弗雷德问道，“你们是说他消失在森林里了吗？”

“不，他没有离开夜色花园。我是说，他前一秒钟还在那儿，下一秒钟就不见了。我在卧室的窗户边目睹了全部过程。”

“一派胡言。”威尔弗雷德说，“他肯定是躲在了雕像或者什么东西后面。”

“不是。”我说道，“我说真的，我亲眼所见，他凭空消失了。”

“那不可能。”威尔弗雷德说。

他现在很焦躁，我懂他的感受。在无聊的时候，魔法可以作为让事情变得有趣的调剂品。但如果你正处在危机之中，整个人都在崩溃的边缘，那你肯定不想理会这种胡言乱语。你只会想要那个你所熟悉的、可靠的现实，以及那些你熟知的有形有状的事物。但事实就是事实。有时你即使不想，也得面对你面前的现实。

“我认为他许下了愿望。”我说道，“我想是他的愿望把他带去了别的地方。”

“可笑。”威尔弗雷德说道。

但维妮弗蕾德领会了我的意思，她看起来被吓呆了。

“要是他许了愿，”她自言自语道，“他会许什么愿望呢？”

然后，还没等我们反应过来，她就尖叫着“西比提亚！”，冲出了房间，跑下楼去了。

“什么乱七八糟的。”威尔弗雷德虽然这么说着，但还是起身和我一起追了出去。

“维妮弗蕾德！”威尔弗雷德高喊着。

等到我们俩跑到外面时，维妮弗蕾德已经在栅栏的另一边了。让我们恐惧的是，她随后也消失不见了。这下威尔弗雷德不得不信了。

他绝望地看了我一眼，无力地说道：“她也许愿了。”

“哦，不！”我说道，“他们去哪儿了？他们都许了什么愿？”

不过，我猜也猜得到。

“他们都去‘阿格特’号上面了。他们去帮忙了。”威尔弗雷德说道。

“但怎么帮忙？”我问道，“他们根本不懂飞机的事情啊，不是吗？”

“西比提亚是去找爸爸玩的，维妮弗蕾德则是想去把他们俩救回来。西比提亚只会怂恿爸爸继续行动，他自己也想成为一名飞行员，他根本不明白现在的状况。爸爸和西比提亚都是没常识的人，而维妮弗蕾德也没办法让他们认识到现在事态的严重性，只能我去了。我会向爸爸解释清楚现在的状况，让他在被击落之前把飞机开回来。”

一边说着，威尔弗雷德一边爬过了栅栏。这时希娜看到了我们，也跑了出来。她和我一起看着威尔弗雷德消失不见了。

“原来是真的。”她轻声说道，冰凉的手抓住了我的胳膊，“我一直都在想那是不是真的，直到现在才确定。”

她一直盯着花园里的那个地方——就在一分钟之前，威尔弗雷德还站在那里。

“哦，希娜。”我说道，“我们该怎么办？他们三个都去找他们的爸爸了。要是飞机被击落的话，他们都会死的。”

就在这时，我们看到老汤姆从隐士那里回来了，正走出森林。于是我们跑过去，把事情的经过告诉了他。

“他们去那儿了？去飞机上了？”他说，“你确定吗？”

“还能去哪儿？”我反问道，“你和隐士谈过了吗？”

“他什么都不记得了。”我们一路跑回夜色花园，老汤姆喘着气说道，“这样就很麻烦。他的记忆时有时无。他虽然没否认告诉过西比提亚安保密码，但他也不记得自己究竟告诉了没有。我觉得他是帮不上什么忙了。好吧，我之前不想说的，但那个人，马登家孩子们的爸爸，就是不正常。哪个正常人会在战时偷一架飞机，还不清楚后果的？这下，那三个孩子的命运都在他手上了。”

“哦，汤姆，你真的是这么想的吗？”希娜说道。

“当然，我就是这么想的！现在我也得去了！”老汤姆说道。

“我跟你一起去！”我说道。

“别傻了，弗兰妮。要是我出了什么事，希娜就只有你了。再说了，你来了也只能拖后腿！”他对我吼道。

我们已经来到了夜色花园门口。我们还没来得及再说些什么，老汤姆就已经翻过了栅栏。在他消失之前，他用极度愤怒的语气喊出了最后一句话：“千万，不要，再有房客了！”

随后，只留下我和希娜伫立在满天的星光下，凝望着夜色花园。

我们目瞪口呆地看着这一切。你要是觉得，目击幽浮和幽灵的经历可以让你泰然自若地看着四个大活人凭空消失在你的眼前，那我只能说你对看不见的世界的经验还远远不足。

“现在怎么办？”希娜一遍又一遍地重复着，“现在怎么办？”

可是，我和她一样，完全没了主意。

当我们还傻站在那里的时候，老汤姆也惊讶得合不上嘴，他发现自己正站在一架飞机内部，周围传来了巨大的噪声。这是老汤姆第一次登上飞机，他当时就觉得，这恐怕也是最后一次了。一开始他只注意到了巨大的轰鸣声、飞机的摇晃，还有一种特别的气味。等他刚搞清楚方向，开始四处看看的时候，他的心马上就沉到了谷底：驾驶舱里躺着一个男人。老汤姆想那只可能是维修工鲍勃了。而在飞机的仪表盘上趴着的、在地板上躺着的，是维妮弗蕾德、威尔弗雷德还有西比提亚。他们挨在一起，就像被谁摆在那里一样。

他们都不动弹了。他们都失去了生命迹象。

一开始，老汤姆只能呆呆地看着这一切。他既困惑不解又头晕目眩，空气中那奇怪的味道让他想吐。他只能看着那些孩子，想着他们是怎样一个个地跟随父亲的脚步踏上这条不归路的。爱和家庭是多么神奇啊！即便注定要被惩罚甚至失去生命，孩子们都要跟随父亲的愚行，不愿意抛弃父亲或兄弟姐妹中的任何一个人。比起放任父亲一个人不幸，他们更愿意和他在一起，与他一起不幸。在这里躺着的，是马登家五分之四的人，他们都一动不动了。爱哭鬼爱丽丝永远也不可能从这种打击中恢复过来了。毫无疑问，比起独活着，她会更想加入他们的行列。要是你想为家人做些什么，老汤姆这样想着，那就变得幸福吧，让他们和你一起享受幸福。老汤姆知道他此时该做什么，他应该试着搞清楚飞机的操作方法，或者通过电台来传达现在的险情。总得做些什么。但他什么也做不了，只能低头看着三个孩子小小的身躯，失声痛哭。

在地面上

我和希娜仍然一言不发地站在那里，但我们的大脑都在飞速运转。

最终是希娜先开口了："除了再去找隐士看看之外，我是没什么主意了。他可能不记得给西比提亚安保密码的事情了，但他肯定能想起把飞机安全开回来的办法。"

"我还有个愿望可以用。"我说道，"我直接许愿让他们都安全归来不就好了吗？"

"你做不到。"希娜说，"想想玛利亚·梅的故事。你不能撤销别人的愿望。我们试过一次，想要撤销我许下的愿望。我不是很确定……我到现在都不确定我的愿望实现了没有。"

“什么？”我问道，“你许了什么愿望？”

“我们没时间深入讨论这个了。我们得马上去找隐士，看他对那架飞机知道多少，看他能不能想个办法救救他们。”

“什么办法？”我问道。

“我不知道。”她说，“但我从人生中学到一件事，弗兰妮，那就是我不仅不知晓所有的事物，甚至有很多别人知道的事情，我不仅不知道，还不知道自己不知道。当你遇到麻烦时，你就去找这方面的专家，别因为你自己想不到解决方法就假定别人也想不到。”

于是我跑去取来了手电筒。我们在黑暗中长途跋涉，时不时抬头看天，盼望着能看到“阿格特”号。但我们既听不到它的声音，也看不到它的踪影。

当我们到达小屋时，隐士没有来应门。我们试着开门，但里面插着门闩，希娜只好破门而入。

“哦，天哪，我这样太粗鲁了。”她说道。

隐士正在小屋的一角睡觉。希娜冲上前去，用手电筒照着他的眼睛，说道：“醒醒！看在老天的分上，快醒醒！”

但隐士呼噜声依旧。希娜只好俯下身，摇晃他的肩膀。

“你必须醒过来，有紧急情况。”她说道。

听到最后这个词，隐士不仅一下子醒了过来，还马上站了起来，发出一阵不连贯的噪声——他肯定是在边说着梦话边穿裤子。

“求求你，你一定要帮帮我们。”希娜恳求道，“你一定要把你知道的所有关于‘阿格特’号的事情都告诉我们。那架飞机被偷走了，我们得把它弄回来。”

隐士只是站在那里盯着我们。他的身体通过长时间的训练，对紧急情况做出了快速反应，但他的大脑还没搞清楚现在的状况。

“哦，希娜，这样下去不行。”我哀号着，“他甚至听不懂我们在说什么。”

“你不记得了吗，”希娜步步紧逼，“老汤姆之前不是来找你问‘阿格特’号的事情了吗？那是因为那些孩子的父亲马登先生——他自称‘维修工鲍勃’——把它开走了。他能开走它是因为你提供了安保密码。要是你连密码都知道，你肯定还知道些别的。你肯定有办法帮我们把它弄回来。”

隐士仍然沉默不解地站在那儿。

“‘阿格特’号！‘阿格特’号！”希娜重复着，就像是要把这个词塞进他的脑袋，把什么东西挤出来一样。

但隐士还是困惑地站着不动，希娜不禁哭了起来。我不知道这是出于悲伤还是沮丧，我从未见过希娜哭泣。这和今晚发生的其他事情一样让我震惊。

“那上面有三个孩子，他们就要没命了。老汤姆也是，他上去救他们了。求求你，求求你。”希娜恳求着，“他们会被击落的。你给西比提亚密码的时候肯定已经知道了些什么，他现在去找他的爸爸了。西比提亚在夜色花园许愿了。”

“西比提亚？”隐士问道，好像有什么东西在他体内觉醒了。从他的眼睛中就可以看出来，在他那可怜的、受损的大脑中，在那重重混沌的迷雾之中，亮起了一道光，“西比提亚？西比提亚在哪儿？”

“好吧，我们不能完全确定，但我们觉得他应该是许愿去‘阿格特’号上陪他的父亲了。”

“他怎么能去‘阿格特’号上！”隐士咬牙切齿地说道，“还有很多缺陷没被完善呢。”

“但他已经上去了。”我插嘴说，“西比提亚的爸爸马登先生把它偷走了。空军已经出动，他们只要找到它就会把它击落。他们认为那上面全是日本间谍。

那样的话西比提亚……西比提亚会没命的。”

“空军可能并没有他们表现出来的那么重视。飞机也许还能飞一会儿，但也没法一直飞下去。它的续航时间也不太可能达到空军公布的标准，那只不过是他们虚张声势的工具。”隐士焦躁地说道。从他身上再也看不到愚钝和困惑，那个落入冰冷海水之前的他仿佛就在我们面前。

“但维修工鲍勃、电台的人还有空军，都说它是一架长程侦察机。他们说它在不补充燃料的情况下可以飞好几天。”希娜说道。

“是啊，是啊！”隐士吼道，“那不过是他们公布的版本，那是官方的说法，但实际上根本不是那样。”

“但是维修工鲍勃肯定知道它的真实性能。他给它做了好几年的维修工作了。”我争辩道。

“呵，维修人员！”隐士嗤之以鼻，“哪个人会把这种秘密告诉一个维修人员？我这么告诉你，这就是迟早的事情，那架飞机一定会坠毁。”

“它已经飞行好几个小时了。”我说道。

“他们在这段时间里会把它开到哪儿去？”隐士问道，“飞机极有可能已经坠毁在某个遥远的地方，只是还没被发现而已。”

“哦，不，不！”希娜大喊着，咬着自己的指关节，急得直跳脚。

“要是飞机还没坠毁的话，那也快了。”隐士说道。

“西比提亚和维修工鲍勃可不知道啊！”我喊道，“他们会一直开下去的，直到飞机爆炸！”

“它倒不会爆炸。”隐士说，“它只会急剧下降然后坠毁。”

“哦，不！”希娜大喊。

“那样西比提亚坐的飞机就会坠毁了。”我觉得最好一直在隐士面前提西比提亚的名字，看起来这个名字能让隐士的大脑在某种程度上保持正常，“西比提亚会没命的！西比提亚会没命的！”

“但你之前肯定知道维修工鲍勃想要开那架飞机。”希娜说道，“因为西比提亚说他给他父亲的安保密码是你提供的，你帮他写出来的！”

“是西比提亚想知道那架飞机怎么才能启动，我才给他的安保密码。”隐士说道，“他从来没说过他父亲想把它开上天。”

“好吧，那你以为他要那个密码做什么？”我哀号着说。

“我不知道。”隐士沮丧地捂着额头，“我不知道！”

“别管那个了。”希娜说道，“我知道你没有坏心思。但他们现在情况不好。他们的情况非常不好。飞机会坠毁在大海里，他们就要白白送命了。”

“不！我不会让这种事发生的。”隐士平静地说道，“我必须得做点儿什么。我一定会做些什么的。”

“是啊，我们就是为这个来的。但你要做什么呢？你能做什么呢？快想啊！”我喊道。

我也不知道自己在期待隐士做什么。也许我在期待他能给出一个能让飞机飞回来的密码，但就算他真有这个密码，他又该怎样把这个密码交给他们呢？

“我可以去。”我说道，“我还可以许一次愿望。我可以把消息带给他们，告诉他们必须在飞机急剧下降并坠毁前安全降落。”

“不，弗兰妮。”希娜绞着手说道。

我转身面对隐士，想看看他有没有想出帮忙的办法，但他一句话也不说，像闪电一样冲出了小屋。他甚至连手电筒都没有带，借着月光和星光在海岸边的小路上不费吹灰之力地飞奔起来，好像整个世界于他而言就像夜色花园一样，所有有生命的事物都发出光芒，为他照亮了道路。我和希娜连忙跟了上去。这时，周遭的一切都好像在反射着从宏伟的宇宙中汇集的某种能量，闪闪发光。有那么一瞬间，我好像感受到了什么，但这种感觉总是在你觉得已经抓住它的那一刻转瞬即逝。它难以捉摸，玄妙莫测，犹如镜花水月，像一道微光消散在了浩瀚的夜空中。我不停地奔跑着，试图去理解它，就像它真的很重要一样。但现在对我来说很重要的其实只有一件事，那就是老汤姆——老汤姆还在那架飞机上。我追逐着隐士的脚步，希娜也试图跟上来，但她已经被我们甩开了很远，最后我们都看不见她的身影了。希娜向来不擅长跑步。

“等等！”看到隐士跑进了田野，就快到夜色花园了，我朝他喊道，“你用得着我，我能许愿。”

“我自己去。我也还可以许一个愿望。”在我跟着他飞奔过田野的时候，他回头朝我喊道，“我去把飞机开回来。我会开飞机，我也知道怎么安全降落。你别跟过来，没有意义。你只会碍手碍脚。”

说完他就用之前两倍的速度冲了出去。远远地，我看到他翻过栅栏，在夜色花园中消失了。

当隐士许下愿望，来到“阿格特”号上时，他发现老汤姆就站在他旁边，精神恍惚地看着那些孩子，泪

流满面。

“他们都死了。”他一把抓住隐士的手臂，好像一点儿都没注意到隐士是突然出现的。

隐士蹲了下来，用手指挨个儿按压了孩子们的脖颈，说道：“不，他们没事。他们吸入了催眠瓦斯，但他们还活着。他们的父亲肯定是不小心按到了释放瓦斯的按钮。我们再不快点儿，你就要像他们一样倒在那里了。”

“什么？”老汤姆摇摇晃晃地说道。

隐士没和他废话，他给自己戴上了防毒面具，然后给老汤姆戴上。接着隐士向老汤姆示范了如何用一个罐子给孩子们供氧，以及如何给他们戴上面具。随后他就到驾驶舱里去了。

“我怎么就没去检查一下他们是不是还活着呢？我怎么就没试着给他们做急救呢？我这个老糊涂！”老汤姆说。

“你吸入了瓦斯，但你自己没感觉到。你当时已经没法正常思考了。不过现在那些都不重要。——过来帮我处理一下这个男人。”隐士说道。

“马登先生还活着吗？”老汤姆问道。

“是的，不仅活着，可能状况还比那些孩子好一些。

他块头更大，你懂得。来，帮孩子们弄完以后给他输点儿氧，然后给他也戴上防毒面具。我要让飞机掉头了。我们正在海面上朝西飞行。等我们回到温哥华岛的时候，你们都得下飞机，而我要把它开回到海上，这样我才不会被发现。要是天还没亮，我就绕着岛飞。等我能看清楚情况了，就把飞机停在水上。”

大家都醒了过来。氧气让他们苏醒，防毒面具隔绝了催眠气体。他们被搬到了座位上，个个都晕晕乎乎地趴着，还没搞清楚现在的状况。

“我这是在拔牙吗？”维妮弗蕾德困惑地问道，她回忆起了她去看牙医时吸入催眠瓦斯的场景。

“我们都在拔牙。哇！”维修工鲍勃也醒了过来，不像其他人，催眠瓦斯好像让他变得更活跃了。他离开了他的座位，企图坐在隐士的大腿上。隐士猛地把他推到一边去了。

“你按错了按钮。”隐士说道，“你对这架飞机根本不了解，不是吗？你不知道那些按钮是干什么的，也不会驾驶。很明显你也不知道它可以自毁。”

“我开飞机了！我开‘阿格特’号了，世界上最伟大的飞行堡垒！我再也不是维修工鲍勃了。我是飞行员鲍勃！从现在起，所有人都得管我叫飞行员鲍勃！”

“你就是个傻瓜。”隐士说道，“你一按释放瓦斯的按钮，差点儿把你的孩子和你自己一起害死了。”

“我才没有。”维修工鲍勃争辩道，“你又是什么人？”

“我不知道。”隐士说，“这不重要。现在，离这个座位远点儿，让我专心驾驶。”

“哦，我明白了。”维修工鲍勃说道，“我可怜的缺氧的脑子造出了你来带我们安全飞行。干得好，脑子！”他站起来，晕乎乎地靠在了隐士身上。

“出去！”隐士粗鲁地说道，再次把他推到一边，“从你把飞机偷出来开始，它一直在天上飞吗？”

“嗯，我不太确定。”维修工鲍勃说，“我可能为了好玩降落了几次。好吧，我可能是忘记了密码，在想起来之前不得不待在地面上，但我后来记起来了。我真是个天才！哇！还有，我没偷——我是借来的。此外……问我问题的人是谁？”

维修工鲍勃貌似觉得这很好笑，笑倒在维妮弗蕾德身边，而她简短地说道：“离远点儿，我想吐。”

“别吐在防毒面具里面！”维修工鲍勃开心地说道，“这句话做歌词正合适。这难道不是一句很好的歌词吗？”接着他就开始放声高歌。

隐士已经控制住了飞机，正在掉头向温哥华岛返航。他在座位上转过身，开始检查其他人的情况。

“好了。”他说道，“西比提亚，别害怕了。我会把飞机开到农场上空。我希望你们五个人都做好跳伞的准备。降落伞就在头顶上方。维修工鲍勃——”

“飞行员鲍勃。”孩子们的父亲纠正道。

“飞行员鲍勃知道降落伞在哪儿。”

“没错，我当然知道。飞机上的所有东西，我都知道在哪儿。随便问，问我随便什么东西的位置。什么都行，什么都行。”

但其他人都一脸怀疑地看着他，很难相信他竟然还搞不清楚现在的状况。

“随便吧。”飞行员鲍勃见没人接话，就继续说了下去，“很明显，我的脑子把这个点子借我幻想出来的飞行员之口说了出来。我的脑子真好使。干得漂亮，脑子！”

“我不会跳伞！爸爸也不太正常。”维妮弗蕾德哭喊着，“我好害怕。”

“你爸爸没事。他只是认为我们都是他想象出来的。”老汤姆说道，“他不知道你们是怎么来到这里的，因为他对夜色花园一无所知。”

“没错。”飞行员鲍勃说完就又唱了起来，“别吐在防毒面具里面。”

“不用担心跳伞的事情。”隐士说道，“那是世界上最简单的事，花栗鼠都能学会。而且你们也不用独自跳伞。我会把‘阿格特’号切换到自动驾驶模式，然后，你——”他指着老汤姆，“和这个男孩一起跳。”他又指向威尔弗雷德。“然后，你，你这个傻瓜——”他指向飞行员鲍勃，“和这个女孩还有西比提亚一起跳。我会用背带把你们捆在一起，你们都不用独自跳伞。大人们负责拉开伞绳——我会教你们怎么做，孩子们只需要在空中飘着就行了。”

“真是的，我知道怎么做。”飞行员鲍勃说，“我学过跳伞，我热爱一切与飞机有关的东西。”

“好吧，你还算有点儿用处。”隐士说道，“那你就多关注一下，离这个家伙近点儿。”他指了指老汤姆，“他要是忘了拉开伞绳，就得靠你来提醒他了。朝他喊‘拉开伞绳’，一直喊，直到他照做。我会教你们俩——”他对着威尔弗雷德点点头，“怎么开伞。让他——”他又对着老汤姆点了下头，“先试试。要是他没开成，你就上。”

威尔弗雷德点了点头。

飞行员鲍勃取出了两个降落伞，大家都静静地站着不动。随后隐士给他们上了一节简短的跳伞课。

飞行员鲍勃不时地出声打断："没错。显然我产生幻觉的脑子想起了跳伞的知识，再借我幻想出来的飞行员朋友之口告诉了我。脑子，好一台精密的机器！特别是我的脑子！哇！"

其他人都无视了他。要是你马上就要在漆黑的夜晚从一架飞机上跳下去，你大概也会专注在这件事上面。

"幸好现在是晚上。"维妮弗蕾德在隐士打开舱门的时候说道，"要是我能看到地面的话，我肯定不敢跳。"

"我看到前面有什么东西。"西比提亚朝下看去，"看，它在发光。"

"那是夜色花园。"隐士说，"等它位于我们的正下方时，你们就跳。"

"哦，不，不，不。"维妮弗蕾德说。

"你怎么办？"西比提亚问隐士，"你的降落伞呢？"

"我不需要。我要绕着岛飞行，在黎明的时候降落在水上。我准备降落在我的小屋附近。"

"你为什么不和我们一起跳伞，让飞机就这么坠毁呢？"西比提亚问道。

"它可能会撞上别人的房子。"隐士说，"我们要确保今晚没有任何人员伤亡，不要像上次那样。”

“上次？”西比提亚问道。

“我不知道。”隐士有一瞬间看起来既困惑又忧虑。

“飞机可没办法停在水面上啊。”西比提亚说。

“可以的，我停过好多次了。”隐士说，“要是我停得够近，我就能游回岸边。”

老汤姆怀疑地看着他：“海水非常冷。算我求你了，在我们的田野上降落吧，老兄。”

“我们需要消灭证据。”隐士说，“除非你想让孩子们的父亲去坐牢。可能孩子们也得去。西比提亚可能也得去。把飞机沉到海里，就不会留下我们在上面待过的证据了。”

“你游不回你的小屋的，那一块水域全是激流。”老汤姆说。

“别担心。”隐士说，“美人鱼会救我的，上次她就救了我。我们到了，跳，现在就跳！”他抓住飞行员鲍勃的胳膊，把他拽到了舱门口。

随着一声“哇！”，飞行员鲍勃和西比提亚还有维妮弗蕾德滑翔进了夜空中。随后老汤姆和威尔弗雷德走到了舱门边上。还没来得及往下看一眼，他们就飞了出去，周围是冰凉的空气。他们头顶一轮明月，朝着大地落下。

“拉开伞绳！”威尔弗雷德尖叫道。

“拉开伞绳！哇！”飞行员鲍勃也尖叫起来。

在这一刻，老汤姆变成了非常老的汤姆。据他后来说，他在那一夜的一跳——当他整个人四周空空如也，只能感受到夜晚冰凉空气的一瞬间——让他起码老了一百岁。在他向着大地飞速落下的时候，他有一瞬的惊慌失措，但他马上想起威尔弗雷德还和他捆在一起，于是他变得异常冷静，拉开了伞绳。一开始他还以为降落伞坏了，他们就要像他所害怕的那样自由落体，终归虚无。但随后降落伞在他头顶张开，他们伴随着海上的月光和夜色花园的微光，在夜空中向下飘去。

希娜和我坐在后门的台阶上，坐立不安地等待着，但是我们都不知道自己到底在期待着什么。起初，我们听到的只是飞机发出的轻微的轰鸣声。因为常常听到海岸往南国防部那边传来的轰鸣，我们不敢有过多的奢望。但随后我们意识到，那里有一架飞机，一架大飞机，我们的飞机。于是我们跑到田野上，仰头看天。

此时，我们内心的焦躁盖过了欢欣。若不是一直处于极度担心的状态下，眼前的一幕足以让惊喜充盈我和希娜的内心。我们看见有几个身影飞出了机舱外，那一刻我们提心吊胆，以为他们会掉下来摔死。但眨眼间，像夜间盛开的花一样，两朵降落伞在星光下盛放，带着两个身影缓缓飘下。一开始，我们以为只有两个人挂在伞下，但随着他们离地面越来越近，我们终于看清，那两个降落伞带回了好几个被捆在一起的人。

我和希娜向最近的那一个跑去，它降落在田野上。

我最先跑到那两个人旁边，在他们躺倒的地方跪了下去。

“哦，你们还好吗？你们没事吗？”我一遍又一遍地叫喊着。

“我们没事，弗兰妮，让我们缓一缓。”老汤姆说道，他看起来被吓到了，气喘吁吁的。

“我还以为这根本就是注定失败的事情。这一个小时，我都以为你们注定会失败。”我上气不接下气地说道。

“好吧，我们没有。”老汤姆还在努力平复自己的心情，他说话也稍微有点儿不连贯。

“其他人呢？”威尔弗雷德边站起来边问道。

紧接着我们看见亮光从森林里透出来，那是手电筒发出的光。

“哦，天哪。”我说道，“士兵们来了。”

从此刻开始，事情的节奏突然变得非常快。

还没等我反应过来，老汤姆一下就站了起来：“快，弗兰妮，你和威尔弗雷德把降落伞拿到后面去，找个地方把它藏起来。我去帮帮希娜。”

希娜在看到老汤姆和威尔弗雷德都没事了以后，马不停蹄地往另一个降落在海滩那边的降落伞处跑去了。我和威尔弗雷德把降落伞收好，跑回了房子里。要是被士兵们抓个正着，那就全完了。老汤姆则去海滩那边帮忙了。

“救命！”维妮弗蕾德大喊着，“有人吗？救命！”

后来维妮弗蕾德说，她对当时觉得自己必死无疑的心态感到懊悔不已，她本应享受那段空中之旅。那一夜的夜色花园沐浴在圣洁的光芒中。海面倒映着月光，波光粼粼。要是没有后来发生的事情，那本应该是一片美景。当大家都没忘记打开降落伞，而且降落伞也正常打开了的时候，他们本来正心情愉快地、缓慢地向田野上飘去。但没过多久，一阵风把降落伞带偏了方向，那一刻维妮弗蕾德忽然有了不祥的预感，以为他们会被风吹到海上去。不过，在那之前，降落伞就挂在了海湾旁边的岩壁上。眼看他们三个人就要撞到岩壁上，飞行员鲍勃一把抱住了维妮弗蕾德和西比提亚。他把他们紧紧地抱在怀里，想用自己的身体护住他们，不直接撞上岩石。片刻之后，维妮弗蕾德感受到她父亲的身体撞击在了岩石上，发出一声令人揪心的闷响。她和西比提亚赶紧使出浑身解数，从他身上爬开。维妮弗蕾德马上就意识到大事不妙，因为父亲没有帮忙松开捆住他们的背带，而是躺在地上一动不动。

“爸爸！”维妮弗蕾德一边尖叫一边试图让自己和西比提亚挣开背带，而父亲一点儿反应都没有。

“他怎么了？”西比提亚问道。

维妮弗蕾德只是倒吸了一口凉气。她看着她父亲脑袋下的那块岩石，那儿有鲜血正汩汩地流出，汇集成一摊暗红的血泊。

✷

漫长的夜晚

希娜飞奔过田野，在维妮弗蕾德和西比提亚身边蹲下。

“安静，”她说道，“安静。有士兵要过来了。”

没过几秒钟，老汤姆也到了。他二话没说，从口袋里抽出他的瑞士军刀，把孩子们和飞行员鲍勃身上的背带切断。

“他们肯定已经看到降落伞了。”他指着遥远的森林里像萤火虫一样的光亮说。

“他们也听到了飞机的声音。”希娜说。

“好了，赶紧，维妮弗蕾德，快，西比提亚，把降落伞收起来，带回房子里去。威尔弗雷德和弗兰妮正在找藏它们的地方。”

“我知道一个好地方。”西比提亚插了一句。

“很好，去告诉威尔弗雷德和弗兰妮，”老汤姆说，“然后去睡觉。我们必须装作一直在熟睡的样子。”

“可是爸爸受伤了。”维妮弗蕾德说。

“是，他撞到了头。”希娜说道，动作轻柔地检查着飞行员鲍勃脑后的伤口，“他这最起码是个脑震荡，比那还严重的伤势目前无法判断。我和老汤姆会搞定的。”

老汤姆点点头，脱下了他的衬衣。希娜把它包在了飞行员鲍勃的头上。

“我们把他搬到屋里去，我可以给他做个诊断。”希娜接着说道，“要是实在太严重，我们就得找个医生来了。之后我们要么说出实情，要么编个绝妙的谎来圆过去。我在上一次大战[①]时做过护士的工作，处理过很多头部的伤，但我做不了医生的工作。我觉得他伤得不是特别重。要是他恢复了意识，我们晚上就得时不时叫醒他，确认他的状态。不送他去医院，让他和我们待在一起说不定也可以。但是，在我们想出完整的计划前，不能让任何人知道他和我们在一起。现在，赶紧的，把降落伞处理掉然后去睡觉。快！”

---

① 指第一次世界大战。

接下来就不必多言。老汤姆和希娜成功地在士兵找来前把飞行员鲍勃弄回了屋子里。他们把他搬到了一间用人房里，希娜在那里给他做了包扎。老汤姆先是清理了楼下地板上的泥土和血迹，然后飞快地跑上楼换上了睡衣。

"把手电筒全都关上！"我们听见门外的脚步声时，老汤姆小声对我们呵斥道，"现在就关！还有，别发出一丁点儿声音！"接着，他又慌乱地粗声说道，"弗兰妮！那些降落伞！"

"没了。"我在自己的房间里小声答道。

我来不及解释更多了，因为门口已经响起了敲门声。

老汤姆慢慢地走下楼去应门，装作刚被吵醒的样子。站在他面前的是一个士兵。

"很抱歉打扰你，先生。"那个士兵说，"我们刚才好像看到了房子里有亮光。"

"你应该没看错。"老汤姆说，"我们听到了飞机的声音，你懂得。"

"是的，先生。"士兵说，"那正是我来这里的原因。我们的机枪手认为他看到了有人跳伞，那不可能是我们自己的人——如果是的话，我们会事先知道这边有训练演习什么的。"

“或许是我们的飞机坠毁了，”老汤姆说，“然后驾驶员不得不跳伞逃生。又或者跳伞的是美国人。”

“或许吧。但如果是那样，他们肯定会先去最近的房子里，也就是你们这儿，看看能不能借个电话。或者，如果他们知道自己的方位，他们就会直接来兵营里。”士兵说。

“可能他们已经去了。”老汤姆说道，“我要是你，我就会回兵营去看看。”

“是的，先生，我们当然会去看看，而且我们还留了一个人在兵营里以防万一。同时，请不要把这个消息告诉你的妻子，先生，这肯定会吓坏她的。也不要告诉孩子们。也别告诉葛莱蒂丝。我们认为，如果跳伞的是敌军士兵，那么那架飞机应该已经坠毁了。”

“你认识葛莱蒂丝？”老汤姆转移了话题。

“大家都认识葛莱蒂丝。”那士兵脸都红了，“她扑克打得特别好，而且，嗯，还是个大厨。”

“你们真的吃过她做的东西吗？”老汤姆震惊地问道，但士兵不想聊这些无关的话题了。

“现在的情况是，我们认为跳伞的可能是间谍，先生。”

“什么间谍？”老汤姆问道。

“敌军的间谍。”士兵说道，“日本的吧，大概。你听说我们岛上飞机失踪的事了吗？‘阿格特’号？”

“你不会觉得这件事和那有关系吧？”老汤姆兴奋地问道。

“我们不知道，先生。我们会留一个士兵在这里保护你们。但那要是日本间谍的话，大概率不会来这里。他们更有可能会躲在森林里，一直躲到早上。不过别担心，整个兵营都出动了，正在彻底搜查海岸线一带。”

“你觉得，有没有可能是机枪手看错了？我是说，他有可能是睡着了以后梦到的。独自一人，几个小时就看着夜空，那些士兵肯定一直都是昏昏欲睡的。我不是在批评他们，要是我值班，我自己肯定会睡着。”老汤姆充满希冀地假设道。

“先生，我们的人是不会睡着的。他们是用坚实的材料做成的。”

“有多坚实？”老汤姆说，“‘坚实’的定义是什么？”

可是这个士兵根本不理睬这些找碴一样的哲学问题。“兵营里有几个人也听到了飞机的声音。”

“可能他们都在做梦也说不定啊。”老汤姆假设道。他知道这听上去很蹩脚，他只是尽力而为，同时忍受着催眠瓦斯带给他的副作用，以及今晚其他事情给他带来的刺激。

“没人希望有敌军的间谍在周围游荡，但逃避解决不了问题，先生。在战争期间，我们必须面对现实。”

“和平期间我们不也要面对现实吗？”老汤姆说，巴不得来讨论这些哲学小问题。但这次，士兵依然不吃这一套。

“你不用担心，先生。我们的人会在这里保卫海岸线的，我们一定会保卫好的！”士兵说道。

“好吧，天啊。”老汤姆说，“谢谢了。你不考虑一下在保卫的时候抽空帮我种点儿土豆？”

“哈哈，先生，真是个好笑话。”那士兵说道，“哪怕在战争期间，我们也不能丢了幽默感！”

“晚安。”老汤姆说道，他刚才完全是认真的。他一直都认为，那一兵营的人整天什么正事也没有，又不来帮着干农活儿，简直是对人力资源可怕的浪费。他关上门，蹑手蹑脚地上楼，来到了三楼我们安置飞行员鲍勃的用人房里。当他进门时，希娜把一根手指竖在嘴唇上，示意他安静。当我听到楼下关门的声音以后，我也偷偷跑了过来和希娜待在一起。老汤姆加入了我们，一起待在飞行员鲍勃的床边。

“他醒来了两次。”希娜指了指飞行员鲍勃，“我认为他的脑震荡很严重，希望没有什么别的问题。不过，汤姆，他什么都不记得了。他不知道这是哪里，也不知道自己是怎么来到这里的。他也从来没见过我，所以这可能让他的头脑更加混乱了。”

“这样最好不过了，”老汤姆说道，“因为他在飞机上疯疯癫癫的。我可不相信他要是记得整件事情的话，不会出去到处乱说。”

“他现在睡着了。我来看着他。我觉得如果我们把他和他的孩子们还有你隔开，他可能就想不起今天晚上发生的事情了。然后我们想个法子把他往路边一放，或许可以让他以为自己在回岛的路上出了车祸，他记得的事情都是梦境。不能让他觉得自己就是那个把‘阿格特’号开走的人。他回到基地的时候肯定会引起轰动，我们必须让他对自己的故事深信不疑。不过我们要到早上才能搞清楚，他到底还记得多少。”

“这看上去得从长计议了。”老汤姆说。

“不试试怎么知道行不行？”希娜说。

接下来的夜晚，对我们三个人来说都无比漫长。老汤姆在飞行员鲍勃的房间门口来回踱步，希娜和我则一直守在他的床边。我们希望他别完全醒过来，但又要让他稍微醒一下，好确定他没有昏过去。

他第一次醒来时，眼睛眨了眨，睁开了。希娜问道：“今年是哪一年，亲爱的？”

“一九四五年。”他嘟囔道。

“很好，接着睡吧。”她柔声说。

过了半个小时，见他没有自然醒来，希娜轻轻地掐了他几下，一直到他醒过来为止，然后问道：“谁在当总理？”

“威廉·莱昂·麦肯齐·金。”飞行员鲍勃说道。

这种行为在这几个小时里重复了好几次。

希娜肯定是累坏了，因为在第四次问出这个问题并得到相同的回答后，她走神了，然后问了一句：“你不觉得他留个小胡子会更好看吗？”

“什么？”飞行员鲍勃说。

“看看我们的敌人墨索里尼和希特勒。”希娜说着，开始激动起来，她一谈到这个话题就这样，“你不觉得我们有一个，嗯，看上去更威严的总理会更好吗？”

“啊？”飞行员鲍勃疑惑地盯着她，“你是什么天使吗？”

“我是一个普通的加拿大公民，”希娜说道，“在质疑我们领袖的仪容仪表。我是说，难道让脸上长点儿毛发对他有什么坏处吗？那是一种男性的特征，代表着这个男人的雄性激素分泌正常。要是他一直长着一张娃娃脸，我们怎么知道他正不正常？这真的很丢人。而且我说的不只是在国家层面上，更是在国际层面上，在国际圈子里！要是那些意大利人到处嘲笑我们的士兵没有男子气概，追随着一个娃娃脸领袖，我一点儿都不会感到奇怪！”

“希娜，”老汤姆的呵斥声从走廊传来，“别说了！”

“是啊，”我小声说道，“你急了。”

“好吧，我只是说说而已。”希娜说着，把双臂抱在胸前，安静了下来。

飞行员鲍勃又困惑地看了她一眼，随后就慢慢地失去了意识。但在多年之后，他还是会说起，有一位天使觉得，总理应该试着让自己长得更像希特勒一点儿。

人们只是觉得他疯了。

我、希娜还有老汤姆整晚都没睡。就算不用照顾飞行员鲍勃，我怀疑我们也睡不着。讽刺的是，马登一家，作为这件事的始作俑者，睡得非常香。不过说句公道话，这可能是催眠瓦斯引起的后遗症。

终于，到了清晨时分，东方即将破晓。在太阳升起前，一道玫瑰色的晨光便透出地平线，在海天之间铺下了一条闪耀的道路。

“来吧。”老汤姆在门口向我示意，这时飞行员鲍勃还在打着鼾，“我们试试能不能在不被士兵发现的情况下，走到隐士的小屋那边去。隐士说过，他会在破晓的时候尝试在那附近的水上降落。”

“哦，汤姆，你不能把弗兰妮带去。”希娜说道。

“为什么不行？”老汤姆问道，“士兵没有怀疑我们。一个男人带着自己的女儿散步是再正常不过的事情了，不过那是在我们被发现的前提下。我躲人还是有一手的。”

“要是这边出了什么事怎么办？”希娜紧张地问道。

“现在不是泄气的时候，别婆婆妈妈的。”老汤姆说道。

我们悄无声息地下楼，来到了外面。屋子门口站着一个士兵，于是我们悄悄地来到海边的悬崖，在灌木丛的掩护下往前走。从那儿开始，虽然道路变得崎岖了一些，但我们一路到了森林里都没有被发现。

灿烂的晨光慢慢洒满了海面。我们无声地前进，走了很久。阳光照在浪尖上，闪闪发光。海豹跃出水面、溅起水花发出的稀里哗啦声，渡鸦的嘎嘎叫声还有鹬的啁啾，都是世界苏醒时的欢快声音。但我们最想听到的声音却是“阿格特”号在小屋附近降落发出的轰鸣。它是不是已经坠毁了？隐士是不是已经在大海里不为人知地消失了？因为没法再靠观察手电筒发出的光柱来预警，我们也在注意着巡逻的士兵发出的声响。我们都非常紧张，以至于我虽然知道最好不要说话，但还是忍不住。我搜肠刮肚地找出了所有可以聊的话题，但就是不愿去想隐士的命运。

“要是我们养着一条狗就好了。”我终于忍不住开口了，“狗会帮我们发现藏在灌木丛里的人。”

“狗也会让灌木丛里的人发现我们。”老汤姆反驳道。

“就算是这样，等这件事过去，我们养条狗吧。”

“好主意，弗兰妮。”老汤姆说道，“就这么办。”

“养条什么狗？”我问道。

“我一直想要一条牧羊犬。”老汤姆说。

“什么，你说的是像‘灵犬莱西①’那样的？”

“是的。”

“好，那我们就养一条牧羊犬。我们以前为什么不养？”

① 《灵犬莱西》是美国作家埃里克·奈特创作的动物小说，被改编为多部电影和电视剧。故事的主角牧羊犬莱西，已成为家喻户晓的经典动物形象。

“我也不知道。”老汤姆说，“有太多事是我们想做却没顾上的。”

“把飞行员鲍勃放到路边去的事由谁来做？还有，放到哪里去？”我问道。

“是啊，我也一直在思考这个问题。”老汤姆说，“而且我认为，与其直接把他放到路边，不如找个人和他一起经历这次‘事故’。我们需要找一个人去把他放到路边，然后等他像昨晚那样稍微清醒的时候，告诉他事情的经过。她要告诉他，他是在搭顺风车的时候出了交通事故，然后撞到了头。换句话说，她也必须参与到这个事故之中。而且现场看起来要像是真出了事故的样子。也就是说，我们要找辆车来撞坏。我们的卡车不行——用那辆车的话，疑点太多了。”

“谁会愿意来干这件事呢？”我问道，“谁会愿意拿一辆车出来撞坏，参与到整件事当中，还能保守秘密呢？”

“我一晚上都在想这个。”老汤姆说，“而且我觉得我已经想到了——梅茜小姐！”

然后我们都被吓得跳了半米高，因为我们刚说到梅茜小姐，她就像一道暗绿色的幻影，从灌木丛里冲了出来，出现在我们面前。

“哦！”她大喊道，“我还以为你们是熊呢！”

“嘘！”老汤姆说道，“周围到处都是士兵。”

“好吧，那有什么问题吗？”梅茜小姐用她一贯欢快且洪亮的声音问道。

但我们还没来得及回答她，就听到了那个声音——我们听到头顶上空传来了飞机的引擎声。我都有点儿不敢抬头往上看，生怕上面飞过的是其他飞机——很多飞机都被派出来搜寻敌军的间谍了。而老汤姆抓住了我，向上指着那架向水上落去的飞机，然后开始奔跑。

“哦，不！”我喊道，因为我看到远方悬崖上站岗的哨兵也开始奔跑了，“哨兵发现它了！”

“快来，弗兰妮！快，我们得赶在士兵前找到他！”

葛莱蒂丝偷偷开走了车

老汤姆、梅茜小姐和我拼命地奔跑着。当我们到达小屋的时候，飞机已经降落了，正漂在水上。隐士把飞机降落在了海湾内，位置绝佳，离岸足够近——近到不会被在海湾外的人看到飞机下沉，又足够远——远到飞机可以完全沉入水中。我们现在只希望它降落时没有被海湾里的士兵看见。我们没有看到这次绝妙的降落过程，但即使看到了可能也是浪费——正如我之前说过的，我们内心的焦躁盖过了欢欣。

我们到岸边的时候，飞机正在快速下沉。我们看见隐士坐在机翼上，随后他一个猛子扎下水消失了，我们顿时感觉时间变得无比漫长。我们只能看着飞机没入水中，在周围制造了一个漩涡。今天的海洋并没有特别狂暴，但一直有浪，还能看见激流，所以我们都焦躁地等待着隐士露头。当他的头露出水面时，我一把抓住了老汤姆。

“他离得太远了！”我焦急地说道，“他要被激流带走了。”

“让他试试吧。”老汤姆紧张地说道，“看看他能不能挣脱激流。”

我们咬着嘴唇看着隐士穿过激流，他游得很巧妙，没有直接对抗激流，但我们也发现他没法更靠近岸了。

“他会被带到大海里去的，他会淹死的！”我说道。

“我去带他回来。”老汤姆说着，把鞋子脱了下来。

“你也会淹死的！”我说道，“你自己也知道你游泳游得不好。”

老汤姆虽然在海边住了这么多年，但他讨厌水，一直不太会游泳，不到万不得已不会下水。

“我总得试试。”老汤姆说道。

“哦，天哪。”我知道这种时候是劝不住他了。

“好吧，说实话，我每两年就得做一次这种事情还是怎么的？我开始觉得有点儿乏味了。”梅茜小姐烦躁地说道。

接下来梅茜小姐让我们吃了一惊。她用了两秒钟就脱了衣服，只剩内衣。但更让我们吃惊的是，她穿在那套卡其色制服里面的，竟然是带着金色亮片的内衣和内裤。

“女童子军从不犹豫！”她大喊道，然后跃入水中，惊动了一群把这片海域当成自己地盘的鸬鹚和海鸥。

梅茜小姐用迅捷而不失谨慎的泳姿向隐士游去，动作熟练得就像她每天都在练习一样。她用恰当的姿势将手臂环在隐士的胸膛上，然后游回了岸边。在她忙着救人时，我跑回隐士的小屋拿了一条毛巾和一条毛毯，还把梅茜小姐的衣服都收好了。等他们一上岸，我就把毛毯扔给隐士，把毛巾丢给了梅茜小姐。然后我和老汤姆催促着他们赶紧跑进森林里。

“哨兵还要一会儿才能到这里，但其他士兵肯定也看见了飞机，就算不知道它会在这里降落，起码也知道它是往这边飞的。”当我们向森林深处奔跑时，老汤姆说，“我们得带隐士离开这儿。我不知道怎么才能不被人发现地把他带回家，何况他全身还是湿的。”

“那我们开一条路，去我家。”梅茜小姐说，“我可以把他藏在那儿。”

“但你甚至都不知道这是怎么一回事啊。”我说道。

“女童子军要帮助有困难的人，我知道这个就行了。”梅茜小姐说道。

我突然觉得，她精神有点儿不正常真是太好了。一个正常的人这时肯定要么问一堆问题，要么就退缩了。

隐士看起来不太精神。他直勾勾地盯着梅茜小姐说：“你来救我了。我就知道你会来。”

“好吧，你要是不再降落在水上就谢天谢地了。”梅茜小姐尖刻地说道，“我都有点儿烦了。我一点儿都不喜欢大清早就穿着内裤游泳。你也看到了，海水对这些亮片来说就是灾难，它们掉得到处都是，我连一半都找不回来。你知道带亮片的内衣要多少钱吗？”

“我会赔给你的。”隐士懒洋洋地说。

“你又没有钱！”我脱口而出，说完就恨不得把自己的舌头咬下来。

“别管那个了，我会赔偿的。”老汤姆咬牙切齿地说，“要是我们的身体情况已经好到可以谈论内衣的赔偿问题了，那逃跑的速度加快一点儿肯定也没什么问题。我们得赶在士兵来之前逃走。”

随后我们便分头行动。梅茜小姐和隐士继续穿越森林，而我和老汤姆则回到海岸边的小路上往家里走。我们努力让自己在看起来非常随意的情况下快步行走，这样即使被看到也能蒙混过关。我们看到了两拨步行巡逻的士兵穿过森林，去往飞机降落的地方。幸好他们离我们不近，我们俩听到他们的声音就蹲下来找掩护。我们希望他们不要撞见梅茜小姐和隐士，但究竟撞见了没有也无从得知。这实在是一种煎熬。

但我们一回到家里，就发现还有更令人煎熬的事情在等着我们，因为接下来要制订以后的计划了。我把希娜拉到走廊上，和老汤姆一起给她和马登家的孩子们讲述了截至目前发生的事情。马登家的孩子们之前被希娜赶出了马登先生的房间，以防马登先生看见他们以后搞明白现在的状况。在我看来，之前我们整个晚上就是在让一些人搞明白状况，让其他人搞不明白状况。目前的关键是要把飞行员鲍勃带出屋子，带到公路上去。

“我们现在不能让梅茜小姐来做这件事了。”老汤姆说道，“不论是谁，只要和飞行员鲍勃一起出了车祸，就肯定会受到铺天盖地的记者和军方人员的关注。只要梅茜小姐还把隐士藏在她那里，我们就不能让她去制造车祸。这太冒险了。”

“有必要把隐士藏起来吗？”维妮弗蕾德问道，“不能让他直接回小屋去吗？”

“到目前为止，没有军方的人发现或是向我问起隐士和他的小屋。”老汤姆说道，“但现在军方盯紧了飞机降落的那块地方，他们可能会向森林里搜索一段距离，很可能会发现那个小屋。要是他们发现隐士在那儿，那就太冒险了。我们不知道隐士究竟是谁，连他自己都不知道。我一开始就知道他在空军服役过，只是我从没觉得他的军职有多高。但他知道‘阿格特’号的密码，很明显他来头不小。关注这事的人这么多，说不定谁就把他认出来了，然后他就会被带走的。我承诺过他，那里是他安全的避难所。他已经为国家、为我们做得足够多了，这是我们欠他的。所以我们不能让别人在小屋找到他。他现在和梅茜小姐在一起很安全。但如果梅茜小姐因为飞行员鲍勃的事件而成了众人关注的中心，那就不妙了。我们需要一个即使说谎也不会被怀疑的人，但找谁好呢？军方会相信谁？士兵又会信任谁呢？”

就在这时，葛莱蒂丝轻快地从外面走进屋子里，说道：“有人想吃早饭吗？”

好吧，这还挺花时间的。我们不得不对葛莱蒂丝

解释了三遍，她得去开布鲁克曼太太的车——而且我们还没有想好她不能把这件事告诉布鲁克曼太太的理由。布鲁克曼太太不像梅茜小姐那样有一辆破旧的老爷车。她把她的纳什旅行车停在车库里，保养得妥妥帖帖，除非有什么特别紧急的事，一般只有周日才会开出去。她要是发现葛莱蒂丝偷偷开走了她的车，还把车撞了，肯定会很不开心的。

“再问一遍，为什么要我做这事？”葛莱蒂丝一边津津有味地坐着吃烤焦的鸡蛋和吐司，一边问道。

“因为你这是在拯救一整个家庭。”老汤姆说道，“你得明白这一点。”

“啊，是，是。”葛莱蒂丝说，“但我问的是，为什么要我来做？”

“我们没时间解释了。”我哀号道，“你现在就得动身了。”

“天哪，你们没明白我的意思。不过不要紧，我来让事情变得简单一点儿。”葛莱蒂丝说道，“我帮你们做事，你们也得帮我做事。”

“做什么？”老汤姆问道，“我们要帮你做什么？”

“我想去上厨师学校。”葛莱蒂丝说道。

“什么？”我们异口同声地说道。我们的声音听起来就像是一支营养不良、睡眠不足的希腊歌队[①]发出来的一样。

“你们没听错。”她有点儿不自在地扭了扭身子，“我……嗯，我爱烹饪。”

“你爱烹饪？”我说道。

“什么时候开始的？”老汤姆问道。

“好吧，我也没说我的厨艺很高明啊。”葛莱蒂丝说，“不过厨师学校不就是用来提高厨艺的吗？”

“我没搞懂。”老汤姆说，“你想让我们帮你做什么呢？”

“你们可以帮我付钱。我想去的学校在多伦多，那是一所烹饪学院。”她说得好像学院比学校要高贵得多，“我想成为一名大厨，我要实现自我超越。”

我们都狐疑地看着她。

“怎么？”她尖声叫道，“难道我就应该梦想一辈子在这里待着，每天和士兵们打打牌吗？我在多伦多有个叫贝蒂娜的表妹，我可以住她那里。但我需要一百块钱的学费，还有去多伦多的车费。”

① 古希腊戏剧中的演出人员分为演员和歌队成员。歌队会提供音乐、伴舞、旁白等。

“所以说，你要的只是钱？”老汤姆问道。

“对，没错。”葛莱蒂丝说。

“好吧，管它呢，行。”老汤姆说。

“但你要记住，不能把真相告诉任何人，一丁点儿也不行，特别是飞行员鲍勃是怎么上了你的车的那部分。”我说道，“你要把真相带进你的坟墓里去。你必须发誓你会保持沉默。”

“天哪，孩子，没必要搞得这么有戏剧性。”葛莱蒂丝说，“不过，没问题。”

“好吧，那就对着食谱发誓吧。”维妮弗蕾德说着，跑去厨房把《居家食谱》拿了出来，那是希娜唯一的一本食谱。

“对着癞蛤蟆发誓吧。”西比提亚说。他之前发现农场里有癞蛤蟆。那些癞蛤蟆再加上室外卫生间，已经让他心满意足。

“你给我闭嘴！”维妮弗蕾德和威尔弗雷德同时说道。

“好，好。”葛莱蒂丝无所谓地对着食谱说，“我发誓。”

接下来该怎么和希娜解释，就是老汤姆的事情了。我们开始把牛奶桶和鸡蛋盒装进卡车。随后，老汤姆把车倒到后门，我们打算悄悄地把飞行员鲍勃转移到车上，但这时麻烦来了——那个来保护我们的士兵循着卡车的声音过来，还谈兴大发，和老汤姆聊上了。老汤姆好不容易才把他打发走，回到了屋子里。

“我们怎么才能在不被那个士兵看到的情况下，把飞行员鲍勃弄到车上去？”我慌乱地问老汤姆。

幸运的是，那个士兵敲响了我们的前门，问道：“不好意思，你们介意我用一下你们的室外卫生间吗？我在外面待了一整晚了。”

“当然不介意。”老汤姆说。

“不行！”我们几个小孩同时喊道。

老汤姆和那个士兵都呆住了。

“你忘了吗，”我意味深长地对老汤姆说，“我们的室外卫生间出了点儿问题，下水道彻底坏掉了。”

“哦，对了，下水道。我想起来了。”老汤姆说，“最好还是，嗯，去森林里吧。”

“不要打扰下水道哟。”西比提亚点着头说道。

“你给我闭嘴！”维妮弗蕾德和威尔弗雷德同时说道。

“好吧。”那士兵说，“但问题是，我不应该离开岗位。要是我去森林的时候，日本间谍潜入了这里，那该怎么办？”

“森林离房子又没几步路。”老汤姆说，“我会在这里守好门的。”

“不行，你得走了，和我一起。我们再不去布鲁克曼商店，牛奶就要变质了！”我说道。突然我意识到这很像一句暗语，生怕那士兵听出了什么，不过他看起来挺迟钝的。

“我知道该怎么办。”西比提亚说，“我和威尔弗雷德来看家。”

“你给我闭嘴！”维妮弗蕾德和威尔弗雷德条件反射般地吼了出来。

接着威尔弗雷德说道：“实际上，这个主意还不错。我和西比提亚看家吧。”

“那我呢？我无关紧要吗？”维妮弗蕾德问道，不过没人搭理她。

“我有个哨子。”老汤姆说道，“孩子们要是看到了日本间谍就可以吹哨子，你觉得如何？”

“嗯……”那个士兵用我们看了都觉得同情的姿势夹着双腿。我们都有过这种经历。看着他在门廊前挪着步子，我们对此有了新的认识。

“啊，快去吧。”老汤姆对士兵说道，轻轻地推了他一下。我觉得这本来是个善意的举动，但他这一推却让士兵摔下了楼梯，可能还发生了某些不太妙的事情，你懂得。那个士兵一言不发，迈着外八字向森林里跑去了。

其他人赶紧把飞行员鲍勃从楼上搬了下来，放到卡车里，这期间只把他摔下来了一次。

他清醒到能说话了："我在哪儿？"

希娜说："你在车祸现场。一场非常可爱的车祸，最棒的车祸，你非常享受的车祸。现在，快回到睡梦中吧。"

他非常合作地重新睡下了，我们顿时对计划充满了信心。说句老实话，我们现在浑身充满了干劲，肾上腺素激增，有点儿乐在其中。

然后，我、葛莱蒂丝和老汤姆跳上了卡车，向布鲁克曼商店疾驰而去，一路上不停祈求着我们能在不被人注意的情况下把布鲁克曼太太的车开走。

我们到达商店的时候，已经有车停在商店门口了——店里像往常一样开着清晨茶话会，于是老汤姆尽可能安静地开着卡车绕到了店后面，葛莱蒂丝从后门跑进去拿布鲁克曼太太的车钥匙去了。不一会儿她就溜了出来，向我们招手表示她已经把车钥匙弄到手了。随后我们三个人把飞行员鲍勃转移到了布鲁克曼太太那辆车的后座上。葛莱蒂丝开车沿着那条长长的乡村小道飞驰而去，她会开到高速公路上，在苏克和科莫克斯之间的路段找个地方来制造“车祸”。

我和老汤姆释然地叹了口气，就在这时布鲁克曼太太出来了。

“我好像听到后门这边有什么动静。我的车呢？”她惊慌地问道，看着眼前空空荡荡、大门敞开的车库。

“哦。”我说道，“老汤姆，昨晚吃饭的时候，葛莱蒂丝是不是说要借那辆车用一下？”

“没错。”老汤姆说，“但是我很肯定她会先问你的。”

“可是她没问，”布鲁克曼太太说，“因为她知道我不会答应的。那姑娘把车开到沟里的次数，你都不敢想象是人类能做到的。她很清楚我是绝对不会再把车借给她的。这辆车是仅限周日用的，因此才保养得这么好。今天是周日吗？”她朝我们愤怒地吼道，仿佛是我们开走了她的车，应该受谴责一样。从某种角度来看，确实是我们把车开走了，但她并不知情。

“不是，今天是周二。”我提供了有效的信息。

“没错。”布鲁克曼太太说，“就是这么回事，周二。她怎么敢？好吧，这么和你们说吧，等她回来，我非要说她几句不可。她有没有说她要车干什么？她说了要去哪儿吗？”

我和老汤姆只是耸耸肩。

“她肯定是跑去找哪个士兵了，她还能干什么！我能问一句吗，她是怎么来到这里的？”布鲁克曼太太询问道。

我慌了，我们没想这么远。但是老汤姆从布鲁克曼太太的话中找到了灵感，说道：“可能是搭了某个士兵的顺风车吧。她肯定不知道我们也要来。我们从昨晚开始就没见着她了，对吧，弗兰妮？”

我拼命点头表示没见着。

“搭一个士兵的便车，去见另一个士兵，这姑娘不小心点儿的话会惹上麻烦的。行了，把牛奶和鸡蛋搬到店里来吧。”布鲁克曼太太沮丧地拉了一下围裙，回到店里去了。

我时刻担心着布鲁克曼太太会开始怀疑我们，但好像葛莱蒂丝就够她操心的了，我们就这样逃过一劫。

“这样再好不过了，再好不过了。”我们开车回农场的路上，老汤姆笑着说道。

不过这还没完，毕竟是要从长计议的事情。

梅茜小姐忘记的事

紧接着我们又开车去了梅茜小姐家，去看看隐士和梅茜小姐是不是安全抵达了，他们会不会已经被士兵逮捕或是因体温过低而倒下了。老汤姆把卡车停在从房子那儿看不到的马路上，以防被可能驻守在房子里的士兵看到。然后我们偷偷摸到房子的门廊前，悄悄往里面看去。只见隐士和梅茜小姐在餐桌旁喝着热可可，有说有笑的。

“好吧，我没想到。”老汤姆说道，“奇迹一个接一个，根本停不下来啊。我还以为隐士很腼腆呢。”

“或许是刚刚那场事故让他丢掉了自己的腼腆呢。”我说道。

老汤姆敲了敲门，梅茜小姐笑着来应门了。“哦，嘿，这下伙伴们都到齐了。”她开心地说道。

“嘿，”老汤姆和我一起进了屋子，说道，“我看你们都还不错嘛。”

“结果好就一切都好。”梅茜小姐说，“要来点儿可可吗？”

“不用了，谢谢，我们最好是赶紧回去。听着，”他转身对隐士说道，“在一切都尘埃落定前，你最好就待在这里。你觉得可以吗，梅茜小姐？”

“当然，当然可以，人越多越有意思。”梅茜小姐开心地笑着，我都不知道有人能笑得这么灿烂。

“这可能要好几天。”老汤姆说。

“没问题。”梅茜小姐说。

“没问题。”隐士说。

“也可能要好几周。”老汤姆担心地加了一句。

“没问题。”梅茜小姐说。

“一点儿问题都没有。”隐士说道，这让他们俩又哈哈大笑起来。看来他们俩还真是合得来。

一直到我们走下门口的台阶，他们都笑得不能自已。即使我们回到车子上，开出了一段距离，我们依然能听到他们的欢声笑语。

“那俩人，真是天作之合。”老汤姆说道，这让我突然有了个全新的想法。

“你是这样想的吗？”我兴奋地问道。还有什么比浪漫的爱情更能让人激动不已呢？我仿佛看见自己穿着一条可爱的粉红色连衣裙，把玫瑰花瓣洒在一条花园的小径上——至于为什么在花园，原因显而易见，他们肯定是要在我们的农场结婚的，“你觉得他们会结婚，然后在一起生活一辈子吗？我觉得梅茜小姐那么孤单，肯定想要一个人来让她照顾。而隐士刚好需要别人的照顾。我是说，他总不能在森林里一个人永远那么过下去吧。”

“为什么不能？”老汤姆问道。

“我不知道。”我说，“那样有点儿不对劲。再说了，他们脑子也都有点儿不正常。这点让他们更加般配了。”我虽然这样说，其实梅茜小姐对我来说已经完全不是那样了。她不仅在关键时刻挺身而出，跳下海救下了隐士，还带着他穿过了重重灌木，没有被士兵发现。当然了，还有她的亮片内衣——那也不算是不正常，只能说有点儿怪，而且怪人通常都是最有趣的。“哦，”我又想起来一点，“她的屋子里也堆满了书，就像他的小屋一样。他们可以坐在门廊上，一起静静地度过很长的时间。他可能还能帮忙带领女童子军呢。”

“天哪，冷静点儿，弗兰妮。”老汤姆说道，“他们刚才只不过一起喝了点儿热可可，一起笑了几声而已。”

“小小的可可杯里，正在孕育着小隐士。”我说道。

老汤姆只是翻了个白眼。我试着想象梅茜小姐和隐士的后代会是什么样子的。但说实话，我想象中的他们和火星人差不多。那将是一个火星式的家庭。也许葛莱蒂丝预言的那些要联系希娜的外星人就是他们。不对，他们应该是通过收音机联系才对。好吧，我要为自己的胡思乱想辩护一下，我已经三十六个小时没睡了。

“我觉得成不了。”老汤姆说。

“那我就永远也当不了花童了！”我哀号道。

老汤姆呆呆地看着我，一言不发。

我这才想起来，我早就过了当花童的年龄了。睡眠，我想着，我需要睡眠。

当我们回到家时，那个士兵仍然站在门口守卫着房子。在房子里面，维妮弗蕾德、威尔弗雷德和西比提亚如我们所料，都很激动。即使飞行员鲍勃现在暂时安全了，我们离把自己和那件事的关系撇清还远着呢。这全都取决于飞行员鲍勃究竟对过去的二十四个小时还记得多少，以及他究竟会说出些什么。希娜把收音机带到了餐厅，我们围坐在桌边焦急地听着新闻。

下午三点，我们等待的报道终于出现了。在距科莫克斯一百公里的一条废弃公路上，有人发现了葛莱蒂丝·布鲁克曼小姐和一辆车，而车里的另一个人正是失踪的飞机维修工罗伯特·马登。葛莱蒂丝说她昨夜让马登先生搭了个便车。在这条狭长的森林公路上，她的车子撞上了一棵树，然后掉进了一条沟里。当她醒过来时，她发现马登先生受了伤并失去了意识。同时，车的损坏情况非常严重，无法修理。她耐心地等人经过，整夜都待在车上。马登先生已被送往医院，医生们认为他的伤虽然严重，但并不致命。他什么都不记得了，不记得搭便车的事，不记得为什么要这样做，甚至连布鲁克曼小姐都不认识了。据他本人说，他的脑子现在几乎一片空白，只记得他见过一位天使，天使希望总理脸上的毛发能更旺盛一些。

“没错，”布鲁克曼小姐说，“他整晚一直在睡梦中念叨‘天使，天使’。”

马登先生与他的妻子爱丽丝·马登终于团圆。爱丽丝·马登之前一直在科莫克斯焦急地等待着丈夫的音信。

“我就说了，他肯定不会偷那架飞机的。”爱丽丝一边说着，一边反复捶打带她来医院的军官，最终被医生们制止了。据推测，马登先生搭便车的目的是回到苏克去看望他的孩子们。但他没有解释在他妻子已经开着自家的车来到科莫克斯的情况下，他为什么还要搭便车。

据医生说，当得知“阿格特”号被盗走后，马登先生变得与其他脑部受创的患者一样，情绪非常激动，大哭大叫着说他“再也没机会驾驶‘阿格特’号了”。

马登太太——在丈夫被当成卖国贼后经受了长时间的精神磨难，情绪极为激动——对她的丈夫说：“哦，闭上嘴吃你的大米布丁去。”总的来说，这件事让马登一家度过了一段不愉快的时光。

“那些记者真说得出口啊！”维妮弗蕾德这时插嘴说，不过我们都让她安静。我们不想漏掉任何信息。

“阿格特”号的命运依然是个谜，新闻播音员继续说道，但起码这个男人是无辜的。高级军官很高兴看到“阿格特”号的失踪不是由他们自己人的背叛而导致的。

“我从来都没想过一个血气方刚的加拿大人会和

小日本混到一起去。”麦基中校说，“而事实证明，我一如既往地正确。”

虽然事情看上去告一段落了，但在十五分钟后，又来了两条新闻。第一条是，今日早晨，有人在温哥华岛南岸目击到一架飞机。当地的士兵称这架飞机好像在东苏克农场附近下降了高度，但没有人看到它落地或是落水。潜水员会被指派到飞机有可能入水的地方进行一次搜索。有人猜测那架飞机就是“阿格特”号。如果真是如此，它可能已经坠毁，而机上的人员可能通过跳伞逃生了。士兵们还在搜寻跳伞的人，到目前为止没有发现他们的踪迹，也没有发现降落伞。

我们都如释重负地松了口气。到目前为止，一切都很好。

第二条新闻说的是，电台与被葛莱蒂丝·布鲁克曼撞毁的车的主人布鲁克曼太太，通过电话取得了联系。

“我就知道她会把车给撞了。”布鲁克曼太太说。

当谈到罗伯特·马登时，她说：“那就是她要去见的士兵？一个已婚男人？”当马登太太听说了这件事，并被询问作何感想时，她把马登先生的草莓果冻倒在了他的头上。

“我做错了什么？”马登先生问道，他依然什么都想不起来。

当被问及他们之间是否有罗曼史，布鲁克曼小姐说：“无可奉告。”而权威专家认为，马登先生和布鲁克曼小姐的相会并不如她声称的是偶然。新闻最后引用了麦基中校的话：“很高兴我们终于让搭便车的故事见鬼去了。我之前就在想，那根本说不通。事实证明，我一如既往地正确。”

“比起其他事情，麦基中校好像更在意他‘一如既往地正确’。”我说道。

“嘘。”维妮弗蕾德说，“还有吗？”

但电台已经开始报道纳奈莫鼻涕虫狂欢节的赛前训练情况了，于是我们关掉了收音机。

我们一时都无声地静坐着。

“无可奉告？”威尔弗雷德先开了口。

“真是糟糕！”维妮弗蕾德说，“现在妈妈会怎么看爸爸？我们永远都没法让人忘记这些无端的耻辱。”

“这非常不好。”威尔弗雷德附和道。

“怎么才能训练一条鼻涕虫？”西比提亚问道。

“你给我闭嘴！”维妮弗蕾德和威尔弗雷德异口同声地说。

“好吧，但我不得不说，‘无可奉告’是葛莱蒂丝能给出的最完美的回答了。”老汤姆说道，“布鲁克曼太太在不知情的情况下，可能挽救了整个局面。葛莱蒂丝编造的搭便车故事本身就不甚合理。你们也听到了，有人质疑，在马登先生的妻子和车子都在科莫克斯的情况下，他为什么要去搭便车。但如果他的目的是去和葛莱蒂丝见面的话，那就是另一回事了。我们都没想到那里去。而且他否认不了，因为他什么都不记得了。老天保佑葛莱蒂丝的坏名声还有布鲁克曼太太的大舌头。”

“但这对妈妈来说太糟糕了。”维妮弗蕾德说。

“我想，要是爸爸进了监狱的话，那会更糟糕的。”威尔弗雷德说。

“我觉得我们不可能训练得了鼻涕虫。”西比提亚说道。

“你给我闭嘴！”维妮弗蕾德和威尔弗雷德喊道。

我对西比提亚感到同情。我想，他可能要到七十岁才会在家里有发言权。

“好了。”在一段尴尬的沉默后，希娜开口说，“结果好就一切都好。”

话音刚落，就有士兵陆续出现在门口，带着几个蓬头垢面、情绪激动的女童子军。

五月八日

我们一眼就认出了第一个来到我们家门口的女童子军，那是艾明图德，梅茜小姐的第一个小实验对象。她算是运气好的，否则我们根本认不出她来。她的头发里满是细碎的树枝，有一整条黑莓藤挂在她的短裤上。她身上还有很多伤口，显然她是被石头或是树根绊倒了。她看起来就像是荒野的手下败将。

“哎呀，这不是小艾明图德吗？”希娜柔声说道，但艾明图德根本不吃这一套，失声痛哭了起来。

“有人目击到一架飞机从你们这儿的海岸飞过去了，女士。”一个士兵一边向希娜说道，一边把更多的女童子军赶到门廊上，“这些女孩说她们没在那架飞机上。”

“废话，她们当然没在那上面！”老汤姆厉声说。

“如你所说。”那个士兵说，“不过，这有点儿太巧了。你们看到这附近还有其他奇怪的人吗？”

“她们不是什么奇怪的人，她们是女童子军。”希娜冷冷地说道。

“是，女士。”士兵说，“或许我应该问，你们发现了任何可疑的事情吗？”

我们自然是什么也没看到，什么也没听到。我们过着非常平静的生活。

又有更多的女童子军来了，她们和之前来的孩子一样脏兮兮的，不过多少镇定了一些。

“梅茜小姐抛弃了我们！”她们喊道，“她抛弃了我们！”

我和希娜难以置信地对望了一眼。昨天，当梅茜小姐说她要带着谢丽尔去搭建篝火的时候，我们都没想到其他的女童子军也会来，她们的露营活动就这么开始了。梅茜小姐肯定是在那之后把她们从家里带出来，穿过森林来到了营地。今天早上，我和老汤姆在遇到梅茜小姐的时候，还以为她又和往常一样在步行侦察。我们压根儿没有想到她是带着女童子军们在森林里露营呢。

然后她就因为找到隐士而兴奋起来，从而忘记了——也许更恶劣一点儿，抛弃了这些女童子军。

“其他人都在哪里？”老汤姆抓住一个走来的女童子军的肩膀，犀利地问道。

“我不知道。”女孩说着哭了起来，“哪里都有可能。”

“维妮弗蕾德和弗兰妮，带这些孩子去厨房，给她们拿点儿吃的。”希娜说道。

“你是说昨天中午剩下的烤焦的牛肉片加吐司吗？”维妮弗蕾德问道，“我觉得她们不会想吃的。”

“不是，你们做点儿你们会做的食物给她们，可以的话弄点儿热巧克力。”希娜说道，“做些热乎的食物。用热牛奶泡点儿‘维多麦’麦片，发挥你们的想象力。我看还有士兵正在带女童子军过来，他们肯定已经在搜索整片森林了。赶紧的，我们要让她们填饱肚子冷静下来。”

维妮弗蕾德好像理解了现在的状况，带着脏兮兮的女童子军们去厨房里吃东西了。女孩们一看到“维多麦”的盒子，就开始欣喜若狂，看来这件事没给她们留下什么精神创伤。不过，话说回来，也许她们确实产生了些许心理阴影——毕竟看到“维多麦”都能兴奋起来的人，我觉得真是前无古人了。

随着越来越多的女童子军来到屋里，我们得知了这次事件的一些片段。显然，当她们醒来发现梅茜小姐不在的时候，她们一下就都慌了，然后四散而逃。

“真是的，”希娜对最后一个进来的女童子军说，“一群笨蛋。你们发现领队不在，就开始往森林里跑，还不往同一个方向跑？”

“好了，你们人都齐了吗？”老汤姆问道，“这儿有十二个人了。”

“我们有十三个人。”最后进来的这个女童子军说。

“那就还有一个在外面的。”老汤姆刚说完，我们就听到了从苏克镇传来的钟声，伴随着枪声和在空中绽放的烟火。

“究竟是怎么回事？”希娜说。

“快把收音机打开。”老汤姆说。

于是我们从收音机中得知了战争结束[①]的消息。起码在欧洲已经结束了。

我们和门口那些士兵一起又蹦又跳，高声欢呼。

“来庆祝吧！”一个士兵高喊道。

一个嘴角还挂着几片“维多麦”麦片的小女孩突

---

① 一九四五年五月八日，纳粹德国宣布无条件投降，标志着“二战”欧洲战场战事的结束。

然说道："但还有个女童子军没找到呢。"

"嗯，十三个里面回来了十二个，已经很不错了。"那个士兵仍不死心。

我们都思考了片刻，随后希娜说道："不行，我真心认为十三个人一个都不能少。"

于是士兵们又回到森林里去搜寻，老汤姆则快马加鞭地去找梅茜小姐了。当老汤姆提醒她，有一整队女童子军被她丢在森林里不管不顾时，她大喊一声"哎呀！"，然后便回来和我们一起进行善后工作。算她走运，士兵们把女孩们找回来并带到我们家里来了，刚好梅茜小姐早上告诉了那些女孩的父母，要他们来这里接孩子。希娜和梅茜小姐谈了谈，说下次再有这种活动，得向我们发出预警。当然，和这周发生的各种事相比，这也算不上什么大事了。梅茜小姐让女童子军们都收拾好东西，还编了个合情合理的故事给她们听，说她把她们留在那里，是为了看看她们会采取什么行动，从而测试她们够不够格拿到生存奖章。现在她们都合格了！——那个我们还没找到的女童子军除外。梅茜小姐马上就会去定制给她们的奖章！等孩子们的父母来接她们时，得知了这个情况，个个都眉开眼笑。——那个我们还没找到的女童子军的父母除外。

不过一个小时后，我们在一棵树上找到了那个女孩。据她说，她爬上去是想躲避有可能出现的野兽。在她上方不远处的树枝上就睡着一只美洲狮，我们觉得还是别告诉她这件事好了。

梅茜小姐答应这个女孩，会给她一枚特别大的奖章，而且会单独弄些金色的亮片来装饰她的奖章，于是她也开心了起来。那些女童子军可以为了一枚奖章不顾一切，而且几乎所有的小女孩都会为了闪光的亮片奋不顾身。之后，那些士兵都去了镇上庆祝，喝得酩酊大醉。接下来整整一天，“阿格特”号也好，其他事情也好，根本没人关心了。

又过了一天，指挥官到我们家来告诉老汤姆和希娜，潜水员要开始搜寻落水的飞机了，而且军队还要在我们的土地上驻扎一段时间——虽然我们打败了希特勒，但还有讨厌的小日本在呢。

“不过那也是早晚的事，早晚的事。”指挥官说道，“我要再次感谢你们对我们的容忍，以及对战事做出的贡献。”

“这没什么。”希娜说。

“不客气。”老汤姆说。

和军队有关的事情就这样告一段落了，保卫我们房子的士兵也被撤走了。军方认为，那些跳伞的日本间谍即使真的存在，也早就跑了。他们已经放弃寻找那些人。也许他们还没放弃——总之，他们没通知我们。那段时期有很多秘密，它们也不全都掌握在军队的手中。

飞行员鲍勃被空军开除军籍，丢了他维修工的工作。不管他有什么理由，他都旷工了一天，在需要做维修工作的时候离开了基地。没有人提到葛莱蒂丝，因为军方想照顾一下爱哭鬼爱丽丝的情绪，也因为他们有点儿烦马登夫妇了。爱哭鬼爱丽丝又开始一有机会就哭。在她和飞行员鲍勃重聚后，她让整个家庭回到基地居住的可能性高得可怕，军方很乐意直接摆脱掉这两个人。飞行员鲍勃觉得被开除这件事可以接受——他只专情于一架飞机，现在他爱的飞机没了，他觉得换个更稳定的工作也不错。当然，也是因为他得花大量的时间，或者说，用他生命中剩下的全部时间来对爱哭鬼爱丽丝进行安抚，并请求她的原谅。

维妮弗蕾德、威尔弗雷德和西比提亚自然是想要留在他们在苏克继承的房子里，但爱哭鬼爱丽丝没有征求他们的意见。她说她已经受够了不列颠哥伦比亚和这里所有的伤心往事，她没法住在这片焦虑的发源地上。她没有提到葛莱蒂丝，但我们觉得那肯定是她想离开这里的原因之一。当爱哭鬼爱丽丝和飞行员鲍勃来接孩子们时，爱丽丝宣布他们要搬去萨斯喀彻温了。

“萨斯喀彻温！”威尔弗雷德说。

“那儿有什么？”维妮弗蕾德问道。

“什么都没有。”飞行员鲍勃说，“我喜欢把那儿想成一条长长的飞机跑道。”

“不，你不能这么想。”爱哭鬼爱丽丝说，“那儿有的只是虚无，没什么好的也没什么坏的，没什么来扰我清净。也没有飞机。”

不要再许愿了，我这么想着，无论是那些已经许下的愿望，还是几百条连衣裙、摩托车、马，或者任何西比提亚可能会想要的东西，不要用那种方式获得幸福。那些人们觉得能带来幸福的事物，或许根本无法带来任何幸福。或许爱哭鬼爱丽丝还会一直哭下去，或许飞行员鲍勃还会一直渴望着驾驶“阿格特”号，但至少他们的家庭还在。或许他们会遇到难关，但至少他们可以一起渡过。在紧要关头来临的时候，他们做出的抉择就是如此。我再次细细地品味着这件事的奇妙与厚重。我们想要的东西并不总是我们最终的选择，而我们的选择决定了我们自己的人生。

接下来，因为在向我们道别，爱哭鬼爱丽丝的眼泪夺眶而出，她一路哭到了他们的车里。她亲自来开车。在马登一家确信飞行员鲍勃的脑袋完全康复之前，他们是不会让他开车的，看来一年之内是没指望了。爱哭鬼爱丽丝对此好像并无不满，她说她很不放心把方向盘交给一个情绪不稳定的人。

我们与维妮弗蕾德、威尔弗雷德和西比提亚一一道别。他们离开时的神情非常沮丧，但考虑到之前的情况，现在的结果其实已经大大超出预期了。

随后，我和老汤姆去了梅茜小姐家，看看隐士过得怎么样。我们告诉隐士，军方看起来已经停止在海岸一带搜寻间谍了，要是他愿意的话，可以回他的小屋。结果他愿意回去，这令我大失所望，狠狠打碎了我对爱情的幻想。

我们把他载回了家，看着他蹒跚地走过田野。

“啊，真是的，”我苦涩地对老汤姆说，“我还以为他们是同道中人，会走到一起呢。”

“才不会。”老汤姆说，“他告诉我，梅茜小姐因为找不到合适的名字叫他，就开始叫他‘小隐’，快把他弄疯了。因为他记不住东西的关系，梅茜小姐所说的任何她自己的事情，用他的话来说，听着都像浇在松饼上的糖浆一样，立马消失得无影无踪，而这反过来又让她快疯了。她一直在说'不对，不是那个米尔德里德，那是我妈妈的妹妹的继女。是另一个米尔德里德，我哥哥巴尼的女仆'等诸如此类的话，这让他头痛得很。人选择独居一般都是有原因的。"

"但还是可惜。"我说。

"没什么可惜的，弗兰妮。"老汤姆说。

稍晚的时候，我一个人走到了梅茜小姐的住处，因为我想知道她为什么要穿带亮片的内衣，而隐士和老汤姆都在场的时候我不好开口问这个问题。

"我一直都只穿带亮片的内衣。"她带我到她的衣橱前，打开了顶上的抽屉，"看到了吗？"

里面的的确确全是带着金色亮片的胸罩和内裤。

"哇，"我说道，"你从哪里弄来的？"

"伊顿百货。"她说道，"那儿的内衣部门有卖。那儿也卖纯白的那种。"

"但为什么？"我问道，"你为什么要穿这种？这看起来不太舒适啊。”

“我妈妈一直对我们说，对我和我的妹妹：‘女孩们，随时都要穿着干净的内衣，以防有紧急情况。’这句话一直困扰着我，你懂得，一想到我如果出了什么意外，被送到医院去，然后他们发现我穿着老太太穿的那种便宜内裤的情景，我就决定穿我能找到的最好的、最贵的内衣。给他们点儿厉害看看，我是这么想的。而最好的、最贵的内衣都是带金色亮片的。我很庆幸我一直都穿着这种内衣，因为我这几年就有两次不得不脱掉外衣去救那个烦人的隐士。”

我稍微思考了一下。

“所以你确实救了他两次？”我说。

“没错。”她说道，“他第一次坠机的时候我也在。我还以为第一次是意外。到了第二次我算是看出来了，他都养成习惯了。”

我若有所思地点点头。

“你知道吗，”我说道，“他好像一直以为你是条美人鱼。”

“他不太聪明。”她说道，“我觉得他脑子缺根筋。”

“好吧，有些人是这样的。”我说。

之后我径直去了隐士的家。我之前就下定决心，等整件事过去后，要把所有的问题都问个明白。

他正在自己的花园里除草。

“你好。”我打了个招呼，但他只是腼腆地看着脚下，一个劲儿地除草，“我不会烦你，不会和你说很久的话，也不会在这里待很久的。我只有一个问题想问你。”

他这才抬起头来。

“你当时许愿要去‘阿格特’号上找西比提亚，那意味着你在夜色花园那么长时间以来，一个愿望都没有许。你甚至都没有不小心许下愿望。你是怎么做到的？”

“我没什么想要的。”隐士看了我一眼。

接着他就又开始除草了，而我也转身回家了，正如我承诺的一样。

故事的尾声

当我回到家时，希娜问我去哪儿了，我如实地告诉了她。我和她还有老汤姆围坐在厨房的餐桌前开始吃晚饭，食物都没有被烧焦。之前一直在餐厅里精致的餐桌上用餐，这张老旧的桌子让我有了回家的感觉。

希娜充满同情地看着我，问道："维妮弗蕾德走了，你难过吗？"

"嗯，有点儿。"我说道，"不过你懂得——房客嘛。"

我们在温馨且安静的气氛中吃完了晚饭，这时太阳已经快要落下海面了，老汤姆起身要去把那两匹耕马牵回来。在他出门之前，他问道："嘿，你们几个孩子当时为什么不愿让那个士兵去室外卫生间？"

“那是西比提亚藏降落伞的地方，他把降落伞塞进了那个洞里。”

“可恶，这得花整整一个上午才能把它们弄出来。我们不能把它们留在那里。啊，房客！”

“好吧，威尔弗雷德可是在土豆田里帮你节省了不少时间啊。”我指出了这一点。

“威尔弗雷德。”老汤姆慈爱地低语着，露出了一个笑容，然后吹着口哨去抓茉莉和泰格了。

我和希娜坐下来喝了一杯茶。她起身去拿饼干罐，看到里面都是葛莱蒂丝做的烤焦的饼干以后，又把罐子放了回去。那些饼干是葛莱蒂丝被士兵送回我们农场后做的。

现在葛莱蒂丝已经远走高飞了。她是昨天走的。当时我去工作室告诉希娜，葛莱蒂丝已经收拾好东西，就等希娜开车送她去渡口了。

希娜正陶醉地听着音乐，手放在黏土上一动不动。

“哪儿来的音乐？”我环顾着，想找到收音机。

希娜对着一个角柜抬了抬下巴，那里有一台手摇式留声机。“老汤姆去镇上买回来给我的。他还带了几张唱片回来。”

“收音机去哪儿了？”我问道。

“我送给葛莱蒂丝了，作为临别赠礼。我不想听到播音员的喋喋不休，只想听点儿音乐。”希娜说。

“说到葛莱蒂丝，她已经准备好出发了。”我说道。

“嘘。”希娜让我安静，因为《D大调嬉游曲》已经演奏到第二乐章了。

我们一直听到音乐结束，希娜才将唱针从唱片上拿开。

“莫扎特，他做到了。他让那东西变得看得见了。”希娜说道。

“你是说听得到吧？”我说。

“看得见，听得到，而且摸得着。”希娜说。

“我们为什么不行？”我问道。

“我不知道。”希娜说，“在你‘感觉到它’和‘意识到它’之间，只有一小段间隔，而所有的可能性都藏在那一小段间隔里。弗兰妮，我在想，我们要找的东西都在那些可能性里，而不在明确的意识里。如果我们明确地知道有幽浮、幽灵和美人鱼存在，那它们就再也不能让我们像之前那样兴奋了。它们会像电力、飞机、无线电波和孩子的出生一样，被我们理所当然地接受，因为我们已经意识到它们了。正是那种触摸不到、无法描述的东西才让我们乐此不疲。它提醒我们，还有些我们意识不到的更加美好的事物存在。这就是人们一直试图去触碰的——是葛莱蒂丝在比博普和烹饪里追求的东西；是梅茜小姐在她漫长的徒步行走中寻找的东西；是我在雕塑里、你在写作中、汤姆在花园里、飞行员鲍勃在飞机上渴求的东西。”

“嘿！”葛莱蒂丝在卡车上大喊，“我可没时间一直待在这儿。”

于是希娜开车把她载去了渡口，她会在那里坐船去平原，再搭一列火车去往一个遥远的城市。她在那里只有一个熟人。她将要经历无数的磨炼，克服无尽的困难，去尝试通过烹饪让她追求的东西变为现实——或许她永远不会成功。这一切是多么困难！但葛莱蒂丝去了。她也许根本不知道自己为什么要去，自己寻求的到底是什么。但我现在知道了，她寻求的东西和我们别无二致。我祝她好运。

“希娜，”喝完了茶，我对希娜说道，“你从来没告诉过我你许了什么愿，在夜色花园里。”

“哦。”希娜局促地站了起来，“我们去阳台吧。”

自从马登家的孩子们到来之后，我们俩还一次都没有一起坐在阳台上，于是我点了点头。

当我们上楼时，我问道：“你把那个收音机送给了葛莱蒂丝，她该不会连‘谢谢’都没说吧？”

“哦，我已经不在乎那个收音机了，我觉得那些外星人根本不会通过它来联系我。当然了，”希娜叹了口气，“这也意味着我没法相信我的天赋是不自知的美貌了。觉得自己很美丽的感觉很不错，我以前从来没那么想过，你知道的。我长得这么高，块头还有点儿大，你懂得。”

“可是，希娜，”我诚恳地说道，“你真的很漂亮。你看，你根本不自知。所以葛莱蒂丝说的那条基本上是对的。”

“哦，弗兰妮。”

我们在阳台的摇椅上坐下，我坐在了希娜的大腿上。因为希娜块头很大，而我就这个年龄来说，个头儿还比较小，所以这样坐着还是挺舒服的。再说了，阳台上只有一把摇椅，我们还没把另一把搬回来呢。

“那么，你当时许了什么愿？”我再次问道。

“我许的愿望就是你。”希娜说道，“我并不后悔，一点儿也不。可是，弗兰妮，你想象一下，我和老汤姆没法生孩子，我许愿要一个孩子，之后那个女人把孩子交到我的手上，然后就倒在了我的脚边。那些本来要收养孩子的人，被一场大火吞噬，他们的家被烧成了平地。谁又知道你的亲生父母身上发生了什么！”

当听到她说别人是我的亲生父母时，我打了个冷战。老汤姆和希娜就是我的亲生父母。

“我也不后悔，”我说道，“对于你的愿望。”

“我和老汤姆无比想把你留在身边，弗兰妮。但老汤姆说，我们不能不去试试将愿望撤销掉，因为别人为这个愿望付出了如此沉重的代价——他们的生命。于是他许下了自己的愿望，尝试了一次。他进到夜色花园里，想把我许下的愿望撤销，但什么都没有发生。我从来没有那么高兴过。当他许完愿，而你还躺在我的臂弯里时，我从未感觉到如此开心。那么我究竟该相信什么？要么老汤姆听到的说法是真的，许下的愿望不能被撤销，要么那个传说就是一派胡言，你的出现只是个巧合。我们当时不知道真相究竟是什么，我们当时也根本不想知道。我有时候会想，这应该就是为什么老汤姆再也没有去许愿——直到马登一家遇上了大麻烦。关于夜色花园的传说可能是真的，也可能是假的。最后，我们没有切实的证据，也许不必为那些可能因我的愿望而发生的其他事情负责。”

“但你也没有许愿让那些事情发生啊，它们是自然发生的。”

“确实如此。”希娜同意道。

“确实如此。我试过把这种东西写下来，像是幽浮啊，幽灵啊，美人鱼啊什么的，那些魔幻的东西，但我做不到。我没法把那种魔幻的感觉写出来，没法写出我真正想要表达的东西。我只能在冥冥中感知它。”

“是啊，不行。”希娜说道，“我也不能让黏土变成……那种东西。我想过给美人鱼加上腿，你知道的，因为她其实是梅茜小姐，但根本没有用。”

这时我们不像是一对母女，也不像是养母和养女，甚至不像是朋友的关系。虽然我坐在希娜的大腿上，我们却更像是同事——我们理解了彼此的渴求和艰辛。

我们在摇椅上晃着。心里充满了绝望的时候，我突然有了一个绝妙的想法。“希娜，”我说道，“我有个主意。”

“什么？”她问道。与此同时，我们俩一起望向海面。

“要是我们直接放弃了会怎样？我们直接不再尝试了。”

希娜笑了起来。

“嘿，”我说道，“我是认真的。要是我们不再尝试……那所有有魔力的东西也还会在那里。要是我们不再试着用自己的想法去塑造它，表达它……要是我们放弃了‘自己’的概念呢？”这解释起来可真不容易。

“那样，我们又会变成什么呢？”希娜问道。

下一秒钟，我看见她的眼里闪烁起狂热的光。即使我表达得如此混乱，她还是明白了。她明白了。我们曾试图写下它，把它雕刻出来，从未和它彻底分开过。在这个瞬间，我们用另一种方式感知到了它。我们成了它，无须美人鱼、幽浮或者幽灵来提醒我们它的奇妙之处。我也不知道为什么我们一直以来都没有这种感受，但就在此刻，我们感受到了。

就在此刻，我们不仅仅是我们自己了，我们放弃了“自己”的概念，因为我们不只是通过自身来感知它的。我们与世间万物融为一体，我们是微风和细雨、月亮与月光花。我们成了彼此，也成了梅茜小姐，成了海岸上架设机枪的士兵，成了潜艇、它们的舰长和所有船员。我们是鲸鱼奶奶和她的孩子，是向海浪喘出一口气的海象，是隐士和他的美人鱼，是幽浮，是潮汐、雨水、青蛙、蝙蝠和虫子。我们也是猪，是奶牛，是鸡，是飞行员鲍勃和寻找他的那些人，是爱哭鬼爱丽丝，是幽灵。我们还是那些看到降落伞的人，是降落伞上的人所看到的一切，是乘着降落伞在群星中飘荡的人。

我下楼搬来了另一把摇椅，把它放回希娜旁边，我们肩并着肩一起摇啊摇。我握住了希娜的手。不一会儿，老汤姆回来了，他史无前例地搬来一把椅子，坐在我们身边。随着夜幕降临，夜空中出现了第一颗星，夜色花园的芬芳穿过敞开的窗户，飘荡在我们身边。

特别感谢

伊恩·安德森

玛丽·坎贝尔

玛格丽特·弗格森

琳妮·米森

肯·塞特灵顿

查梅因·韦尔奇

图书在版编目（CIP）数据

夜色花园 /（美）波莉·霍华斯著；敖大山译. --
南昌：二十一世纪出版社集团，2024.5
（麦克米伦世纪大奖小说典藏本）
ISBN 978-7-5568-7931-1

Ⅰ. ①夜… Ⅱ. ①波… ②敖… Ⅲ. ①儿童小说—长篇小说—美国—现代 Ⅳ. ① I712.84

中国国家版本馆 CIP 数据核字（2023）第 252070 号

版权合同登记号　14-2020-0218

夜色花园

YESE HUAYUAN

［美］波莉·霍华斯 著　敖大山 译

出 版 人　刘凯军
责任编辑　迟安妮
美术编辑　费　广

出版发行　二十一世纪出版社集团（江西省南昌市子安路 75 号 330025）
网　　址　www.21cccc.com
经　　销　全国新华书店
印　　刷　北京顶佳世纪印刷有限公司
版　　次　2024 年 5 月第 1 版
印　　次　2024 年 5 月第 1 次印刷
开　　本　889 mm × 1194 mm　1/32
印　　张　9.125
字　　数　142 千字
书　　号　ISBN 978-7-5568-7931-1
定　　价　39.00 元